한국 희곡 명작선 68

표(表)

한국 희곡 명작선 68

신하가 황제에게 올리는 글
표 (表)

양수근

평민사

양
ㅇ
수
그
ㄴ

丑
表

등장인물

인종 – 고려17대 왕, 38
황후 – 인종의 비, 38
김부식 – 남, 60
궁녀 – 여, 20
상궁 – 여, 55
정지상 – 고려의 문신 70
묘청 – 남, 55
사관 – 남, 25
왕구 – 어린 인종
어린 황후
대신들
이자겸(탈을 쓴)
끄나풀
그림자들
의원
김수자
병부
병사
— 몇 명의 배우들이 사관, 대신, 이자겸, 끄나풀, 그림자, 의원, 김수자, 병부 역할을 맡는다.

때

1145년 여름에서 겨울까지
(과거의 장면 1126년(고려 인종 4), 1135년(고려 인종 15))

무대

완만하게 경사졌으나 오른쪽 끝으로 오를수록 높다.
창호지 바른 창, 창살, 상황에 따른 문짝들. 그것이 열리고 닫히고. 내려온다.

1. 통증

여름, 매미가 운다. 거대한 창살문이 내려와 있다. 그 앞으로 인종,
궁녀.

궁녀 어찌 감히 옥체에 손을 대라 하시옵니까.

인종 괜찮다. 나를 좀 두드려 밟아다오. 그 우악스런 손으로
내 등짝을 후려쳐라.

궁녀 그 명을 거두어주옵소서.

인종 죽으면 썩을 육신. 아무리 긁어도 간지럼증이 가시지 않
으니, 차라리 내 몸을 때리란 말이다. 어서!

궁녀 폐하.

인종 …… 내 말이 안 들리냐? 괜찮다 어서.

궁녀 저 같은 무지랭이가 어찌 옥체에 손을…….

인종 어허, 그래도. (신발을 벗어 몸을 때린다)

궁녀 (신발 빼앗는다) 그러지 마십시오. 폐하!

인종 봐라. 발바닥이 간지러워 버선도 신지 못한 내 꼬락서니
를…….

궁녀 내실 나인이 의원을 부르러 갔으니 조금만 기다리십시오.

인종 내 병은 내가 안다. 천하제일의 의원이라도 고치지 못
할 터…… 죽음이 성큼성큼 다가오고 있느니.

사이.

인종   내년 여름에는 저 매미 소리를 들을 수 있을까⋯⋯ 단청
아래 단풍나무 붉게 물드는 것은 볼 수 있을는지⋯⋯ 댓
돌 뜰 아래 하얗게 내리는 눈은 밟아볼 수 있을까⋯⋯.

궁녀   당연히 보실 테지요. 뽀드득뽀드득 하얀 눈도 밟으시고요.

인종   봐라? 들리지 않니? 송악산 능선 능선에 묻은 신하들 숨
소리가 말이다. 묘청,정지상, 백수한, 김안, 조광. 또 누가
있더라⋯⋯.

궁녀   아무런 소리도 들리지 않습니다.

사이.

인종   내 명으로 그들이 땅에 묻힐 때마다 통증은 더해갔느니.
나 또한 죽어 땅으로 스며들면 그뿐. 그러니 좀 밟아다
오. 간지러워 못 살겠구나. (등을 바닥에 긁는다. 그래도 가려움
증은 가시지 않는다)

궁녀   (시선을 피한다)

인종   왜?

궁녀   ⋯⋯.

인종   왜? 고개를 돌리는 게냐 왜?

궁녀   (울음)

인종   너는 내가 버러지로 보이는 게지? 꿈틀꿈틀 송충이로 보

일 테야?

궁녀   아닙니다. 감히. 어찌…….

인종   그런데 왜 우두커니 서 있기만 하는 것이야. 내 등을 좀
밟아다오. 지근지근 밟으란 말이다! 아파서 간지럽고, 간
지러워서 아프다. 그러하니…….

궁녀   폐하, 차라리 죽여주십시오. 어찌 비루한 궁녀가 폐하의
옥체를 발로…….

인종   (창에 등을 긁는다. 버선을 벗은 발바닥을 긁는다)

궁녀   (어찌할 바를 모르고)

인종   그럼 나더러 어찌하란 말이냐! 나더러…….

황후 들어온다.

황후   왜 그러셔요. 또 통증이 시작된 겝니까.

인종   황후.

황후   심신이 지쳐서 그러하니 마음을 다잡으소서.

인종   오늘은 더 하는구려. 오장육부까지 간지러워 못 참겠소.
(창에 등을 대고)

황후   의원은 불렀느냐?

궁녀   네. 나인이…….

황후   가봐라 어디쯤 오고 있는지.

궁녀 나간다.

황후   (인종을 안는다)

인종   품이 따뜻하오.

황후   (그의 등을 두드린다) 고려는 점점 더 건강해지고 있는데, 당신은 왜 이리 나약해지십니까. 부처님 앞에 백팔 배, 아니 그 더 한 것도 할 터이니 무너지시면 아니 됩니다.

인종   무슨 일이 있어도 판이부사에게 하명한 대업은 보고 눈을 감을 것이오.

황후   눈을 감다니 그 무슨 망측한 말씀. 당신은 이 나라의 지존이십니다. 만백성의 어버이이신 왕이 없는 고려가 무슨 소용입니까. 겨우 서른하고 여덟. 푸르른 날들이 기다리고 있으니 훌훌 털고 일어나셔요. 고려의 모든 의원이 나서서 신선들도 못 먹은 약제를 구해올 테이니 두려워 마셔요. 반드시 병이 나을 겝니다. 그러니 좋은 생각만 하셔야……

인종   평생 가위 눌려 살고 있소. 눈을 떠도 눈을 감아도. (눕는) 황후. 나를 밟아주시오. 내 등!

황후   차라리 그 고통을 저에게 주셔요. 차마 눈뜨고 볼 수 없습니다.

인종   임자. 황후. 등을. 꾹꾹. 눌러달란 말이오.

황후   …….

황후, 인종의 등을 발로 밟는다.

인종　어, 어. 시원타.

황후　여깁니까?

인종　오. 계속. 멈추지 말고. 그대의 발끝에 내 몸이 녹아나는
구려.

황후　(밟는다)

인종　아니, 더 아래. 그렇지. 어. 숨이 쉬어지는구나. (깊은 숨을
여러 번 내쉰다)

황후　막힌 것이 풀리고, 답답한 것들이 멀어지십니까?

인종　어, 좋다.

황후　지난 날 판이부사 대감과 맺은 결의를 지키기 위해서라
도 강건하셔야 합니다. 아셨지요? 지금 고려는 그 어느
때보다 문화가 번성하여 북방의 여러 나라들과 대등한
관계를 맺고 있지요.

황후, 인종의 등을 발로 밟는다.

황후　서긍의 고려도감에 "개경은 다층집이 즐비하고, 여러 나
라 상인들이 몰려와 여럭에 자리가 없을 정도이며, 그
규모가 궁궐만하다"라고 했지요. 멀리 서역에서도 고려
를 찾으니, 고려는 나날이 번성하고 있습니다. 헌데 당신
이 무너지시면 아니 됩니다. 그 중심에 우뚝 서 계셔야
지요.

인종　고맙소.

황후	(밟는다) 어떠십니까?
인종	한결 수월하오. 풀잎에 맺힌 이슬이 아침 햇살에 춤을 추듯, 모든 통증과 가려움이 사라지니, 언제 그렇게 아팠나 싶소. 당신이 명의요.
황후	(부드럽게 밟으며 혼자소리) 나무아미타불.
인종	(긴 사이) 그대를 지어미로 맞아 다섯 형제와 공주 넷을 낳았으니 여한은 없소. 허나!
황후	또 나약한 소리십니다.
인종	아니오. 내 죽을 날이 멀지 않음을 잘 아오.
황후	저더러 과부가 되라는 말씀이십니까. 지아비를 잃고 구중궁궐에 처박혀 부귀영화를 누린들 무슨 소용입니까. (세게 밟는다)
인종	삐치셨소?
황후	(말없다. 세게 밟는다)
인종	허허. 황후 삐치니 더 이쁘구려.
황후	병 주고 약주십니까. 그러니 죽는다는 말 입 밖에 꺼내지 마셔요. 네?
인종	(끄덕인다)
황후	약조하신 겝니다. (손가락 내밀고) 낙관 찍으셔요.
인종	(손을 내밀고 꾹)
황후	다 잘 될 겁니다. 다! (그의 등을 가볍게 안마한다)
인종	통증도 간지럼증도 나은 듯하이. 늘 오늘만 같으면 좋으련만.

황후 좋아질 겝니다. 아믄요. 그러해야지요.

인종 꿈만 같소.

황후 무엇이 꿈같으셔요?

인종 스무 살에 당신을 만나 근 이십여 년을 살았으니 꿈이 아니고 뭐겠소.

황후 (그의 품에 안긴다)

인종 외할아버지 이자겸은 내가 열네 살이 되던 해, 두 이모를 왕비로 들였소. 어머니의 두 동생이 나의 아내가 된 거요. 허허. 허허. 이모와 동침을 하다니 나는 천하의 몹쓸 놈이요.

황후 당치도 않는 말씀. 이자겸의 음모였어요. 세상 사람들 다 아는 진실을 외면하지 마셔요.

인종 그렇소. 나를 궁에 가두고 불을 질렀지. 무섭고, 두려웠소. 기와장이 우박처럼 떨어지고 서까래가 무너지며 우르릉 천둥소리가 났어. 뜨거워. 열기가 내 몸을 덮쳐. (그때처럼) 살려주세요! 외할아버지 국새를 드릴 테니 살려주세요. 외할아버지. 밖에 아무도 없느냐…….

황후 (그를 안는다)

인종 뜨거운 열기. 답답해. 간지러워. (가슴을 친다) 답답해. 숨을 못 쉬겠어.

황후 떨지 마셔요. 잊으셔요. 잊으셔야만 합니다. 제가 있잖습니까. 휘, 휘.

인종 황후. 외할아버지 폭압을 잊은 건 다 당신 덕이오. 당신의 사랑이 깊고 넓어 아플 틈이 없었고, 금슬이 좋아 슬하에 아홉 자식을 얻었소. 헌데 지금은 아프오. 황후.

황후　네.

인종　허. 허.

황후　(그를 안고 등을 다독인다. 마침 엄마의 품 같다) 천천히 숨을 내쉬세요.

인종　허.

황후　한 번 더요. 자.

인종　허. (숨을 골라낸다)

황후　(노래. 느리고 차분하다)
　　　하늘 위 뜬 구름 흘러흘러
　　　어디로 가나 바람에 휘익휘익
　　　홀홀이 홀홀이 떠나네
　　　휘익휘익 어디로 가는가

2. 역사

인종 스르르 잠이 든다.

상궁 들어온다. 보따리에 든 파지(破紙). 그를 미행하는 대신의 끄나풀 오래도록 귀를 대고 있다.

황후   (상궁 발견) 쉿!

상궁   (까치발로 들어선다)

황후   겨우 주무시네. 소리를 낮추게 장 상궁.

상궁   (종이를 내민다)

황후   판이부사께서 보낸 것인가?

상궁   그러하옵니다.

황후   누구 따라 붙은 자는?

상궁   (두리번거리는)

끄나풀 어둠 속으로 사라진다.

황후   (읽는다) 술이부작(述而不作). 저술하지만 지어내지는 않는다.

상궁   판이부사 대감께오서 쉬지 않고 저술을 하고 있으니, 해를 넘기지 않을 것이라 했습니다.

황후   대신들이 알면 가만있지 않을 것이야.

상궁   편수처에서 나오는 파지를 태워버릴 최고의 장소는 이

곳 폐하의 침소이니 걱정 붙들어두십시오.

황후 암, 그래야지. 파지 한 장이라도 저들의 손에 들어가는 날에는 물거품이 되느니. 명심하시게.

상궁 그러하겠나이다.

황후 (파지를 살핀다) 이것은 고구려 건국신화가 아닌가. (읽는) 시조 동명성왕은 성이 고 씨이고 이름이 주몽이다.

상궁 여기. 그의 어머니 유화는 햇빛을 받고 임신하여 알 하나를 낳았다.

황후 주몽은 알에서 태어났구나. 그는 어려서부터 활을 잘 쏘았고…… (읽는다) 주몽은 졸본천(卒本川)에 이르렀다. 그곳은 토양이 기름지고 아름다우며, 산하가 험하고 견고하여 도읍으로 정할 만하였다. 하지만 궁실을 지을 겨를이 없었기 때문에 비류수(沸流水)가에 초막을 짓고 살았다. 나라 이름을 고구려라 하고 그로 말미암아 고 씨 성을 삼았다. 이때 주몽의 나이 스물두 살이었다. 너무 너무 재미있고 흥미롭구나. 문장에 막힘이 없고, 필체에서는 힘이 느껴지는 것이 명문이로다. 온 백성이 우리 역사를 알고, 위인전을 읽으면 자긍심도 생기고 후손들에게 귀감이 되겠구나.

상궁 (신나서) 광개토대왕 때에는 북으로는 중화의 요동에서부터 남으로는 아리수(한강) 이남에서 모두가 고구려 땅이었답니다.

황후 세상에. 고구려가 그러한 나라였다니. 우리 고려도 고구려를 계승하자고 건국했으니 머잖아 그리 될 게야. 힘센 나라. 누구의 간섭도 받지 않는 강한 나라. (흥분하여 크게) 이 대단한 역사서를 판이부사께서…….

상궁 쉿!

황후 쉿!

소리죽여 웃는 황후, 상궁.

황후 파지에 쓰여진 것이 이 정도면 판이부사께서 대업을 완성하는 진짜 책은 얼마나 재미나고 위대할꼬? 상상이 되는구나. 또? 어떤 내용들이 있는 것이냐?

상궁 여기 신라의 선덕여왕에 관한 것도 있사옵니다.

황후 어디보자. (읽고 나서 크게 흥분) 아니 당나라 태종 지가 뭔데 선덕여왕 통지를 질타하느냐.

상궁 여자가 왕이었다고 깔보는 격이지요.

황후 (더 크게) 맞다. 그렇지 않고서야…… 감히 건방지게…… 싸가지 없는 놈.

상궁 (웃는) 싸가지…….

황후 (버럭) 왜 나는 욕하면 안 되냐.

인종 그 소리에 놀라 잠꼬대를 한다.

궁녀 (크게) 의원나리 오셨습니다.

황후·상궁 (동시에) 쉬잇!

궁녀 (눈만 멀뚱멀뚱)

궁녀, 의원과 들어선다.

황후 어떠신가?

의원 (진맥) 푹 주무십니다. 허나…….

황후 말하라?

의원 숨소리가 거치신 것이 영…….

황후 거기에 합당한 처방을 하여라.

의원 예.

황후 간지럼 때문에 생기는 통증을 치료할 방책은 알아냈느냐?

의원 황후마마.

황후 왜? 정녕 묘책이 없단 말이더냐.

의원 오래전부터 원인을 알 수 없는 병인지라…….

황후 분명 수가 있을 것이야. 고서는 물론 민간에서 내려오는 모든 방안을 찾아봐라. 고래 똥이 좋다면 고래 똥을 구해오고, 용의 오줌이 좋다하면 용의 오줌을 받아와라. 그 무엇이든 강구하란 말이다. 알아들었느냐?

의원 네. 허나 지금은 안정을 찾으시고 주무시는 것이 최대의 묘안입니다.

의원 물러난다.

상궁   폐하께옵서 잠이 깰까 저어되옵니다.

황후   그래. 며칠 만에 푹 주무신다. 물러들 가자.

상궁   (파지 주며) 너는 이것을 불쏘시개로 넣고 태워라. 흔적도 남겨선 아니 된다.

궁녀   네.

상궁   지난번처럼 아궁이에 쪼그려 앉아 읽지 마라.

궁녀   도미부인 이야기가 어찌나 재미있던지, 열녀도 열녀도 그런 열녀가 없사옵니다. 눈물도 나고 감동적이고 재미도 있으니…….

상궁   요년이, 주둥이를 꿰매 버릴까보다.

황후   도미부인 이야기가 그리도 재미지더냐?

신비로운 음악이 흐른다. 궁녀 인형을 꺼낸다. 상궁, 황후 그런 궁녀를 본다. (그림자극으로 만들어도 좋겠다)

궁녀   백제사람 도미의 아내는 선녀보다 더 아름다웠답니다. (인형 소개) 이쪽은 도 미, 도미부인, 그리고 이건 계루왕과 그의 신하입니다.

황후   허허. 저걸 또 언제 만들었누?

상궁   조년이 일은 안 하고 농땡이만 피웠구나.

황후   놔두시게. 궁궐생활이 얼마나 적적하면 그리했을꼬. 허허허허.

궁녀   (계루왕의 인형을) "네 부인이 이쁘기는 하나 교묘한 말로

유혹하면 마음이 움직여 정조를 지키지 못할 것이다."
(도미의 인형) "저의 아내는 나를 향한 사랑의 깊이가 바다와 같아 비록 죽더라도 두 마음을 가지진 않을 것입니다" 그 말을 들은 왕은 신하에게 자신의 옷을 내어주고 도미 부인을 찾았답니다.

황후　허허허. 광대 같구나.

궁녀　네. (신하인형) "나는 도미와 내기를 하여 이겼다. 그리하여 너를 얻었으니 너는 오늘부터 내 궁녀가 되어야 한다. 오늘 밤 내 침소로 들거라!"

황후　허허허. 그거 재미나구나. 도미부인은 내가 해보마.

궁녀　(도미인형 건넨다)

황후　"국왕께서 헛말을 하지 않으니 어찌 따르지 않으리오. 제가 옷을 갈아입을 터이니 기다리시지요." 그래서 어찌 되었더라?

상궁　쯧쯧쯧. 도미부인은 계집종을 치장시켜 들여보냈답니다. 이에 왕이 크게 노해도미의 눈알을 뽑아 강물에 버렸지요.

궁녀　(계루왕 인형) "네, 이놈. 당장 눈알을 뽑아라." (도미인형) "아. 아!"

상궁　도미부인은 도망쳐 강어귀에서 통곡을 하는데 외로운 배가 물결을 따라 내려오더랍니다. 그렇게 두 부부는 만났지요.

황후　(도미부인 인형) "여보. 여보. 여보."

궁녀	(도미 인형) "누구요? 누가 앞 못 보는 바보 멍충이를 부른 단 말이오."
황후	"여보. (만난다) 저예요. 당신의 아내. 만져보셔요. 네."
궁녀	"나 같은 못난 남편을 왜 찾소. 궁궐에서 왕의 아내로 살면 행복할 것을……."
황후	"내 행복은 당신이어요. 평생 당신의 눈이 되어 살겠어요."
궁녀	"용서하시오. 나를 용서하시오. 미안하오. 미안하오."
상궁	아이고. 눈물이…… 앞을 가려서 원.
황후	그래. 도미와 도미부인의 사랑이 너무나 아름답구나. 민간에서 내려오는 이런 이야기까지 역사서에 쓴다니 판이부사 대감의 마음이 읽히는구나.
상궁	웃겼다가 울렸다가 조년이 사람 잡는 재주가 있구나. 내 니년 때문에 명대로 못 살지 싶다.
궁녀	마마, 무슨 섭섭한 말씀을.
상궁	그래도 파지는 반드시 태워라. 반드시!
궁녀	예!

모두 웃는다. 매미소리 높았다가 사라진다. 인종 뒤척인다.

| 황후 | 쉿! 자리들 물러나시게. |

문을 열고 나가는 그들. 궁녀 파지 뭉치를 치마폭에 넣고 종종걸음

으로 사라진다. 그러다 떨어진 파지 한 장 얼른 숨기는 궁녀. 숨어 있던 끄나풀 누구를 미행할까 망설이다. 궁녀를 뒤쫓는다.

3. 화제

사이.

평온하게 잠에 든 인종.

문 뒤 그림자들 서성인다.

이자겸 (소리) 구야. 구. 왕 구.

그림자들 구야. 구. 왕 구.

인종 (꿈인 듯) 누구냐?

그림자 하나 쓱 나온다. 탈을 쓴 이자겸이다. 그는 상복을 입고 머리를 흘러내려 영락없는 귀신의 형상이다.

인종 뉘신가?

이자겸 나다. 나.

인종 나라니.

이자겸 구야. 왕 구.

인종 감히 왕의 이름을 함부로 불러. 썩 나와라. 누구냐?

이자겸 벌써 외할애비 목소리도 잊은 것이냐? 나 이자겸이다 이놈.

인종 죽은 역적이 살아있는 왕을 능멸하는 게냐! 어찌하여 저 승길도 찾지 못하고 구천을 떠도는가? 지은 죄가 많아

염라대왕도 받아주지 않터이까?

이자겸 푸 하하하. 네놈이 나를 영광으로 유배를 보내. 여기 이 것 먹어라.

인종 그건 생선이 아니다.

이자겸 내 뜻을 굽히지 않겠다는 뜻으로 굴비라 하였느니. 자, 이걸 먹고 내 국새를 다오. 국새를 받으러 왔다. 여봐라!

그림자들 네!

이자겸 궁에 불을 질러라! 그리고 허수아비 어린 왕을 가두어라!

불길이 인다.

무대를 가로지르는 그림자들.

문을 돌리는 그림자들. 그러면 과거의 장면으로 이어진다. 현재의 인종, 14살 어린 인종을 꿈인 듯 망상인 듯 보고 있다. 그러다가 사라진다.

그림자들 불이야. 불이야. 불이다.

왕구 (어린 시절로 돌아가서) 누구 없느냐? 밖에 아무도 없느냐?

이자겸 네 이놈. 내가 너를 업어 키웠느니라. 불알에 묻은 네놈 똥도 이 손으로 갈 아줬거늘 어찌하여 너는 국새를 내놓지 않느냐?

그림자들 불이야. 불이야. 불. 불.

왕구 아. 답답해. 숨을 못 쉬겠어. (긁는다) 아. 거기 누구 없느냐?

이자겸 국새를 내 놓을 테냐? 거기서 죽을 테냐?

왕구　싫습니다. 나는 이 나라의 왕입니다.

이자겸　호로자식. 외할아버지를 귀양 보낸 놈이 무슨 왕. 너는 호로자식이다.

그림자1　기왓장이 우박처럼 떨어진다.

그림자2　서까래가 무너진다. 피해라. 피해.

왕구　살려주세요! 외할아버지 국새를 드릴 테니 살려주세요. 외할아버지. (긁는다) 뜨거워요.

이자겸　으하하하! 그래 어딨느냐 국새를 내 놔라. 어서!

그림자들　불이야. 불. 불이야.

왕구　(죽어가는 소리) 뜨겁다. 뜨거워. 살이 익는다. 누구 없느냐? (손바닥으로 몸을 쓱쓱 긁어낸다)

상궁　폐하! 폐하!

왕구　누구냐?

상궁　(문을 열고) 접니다. 장 상궁.

왕구　장 상궁? (운다)

상궁 들어온다. 이불을 우산처럼 쳐 받들고 인종을 품는다.

상궁　울지 마소서. 정신 차리셔야 합니다. 이쪽으로.

이자겸　이놈! 어디로 내빼는 게냐.

상궁　숨을 깊게 마시고 뛰셔야 합니다.

이자겸　쥐새끼 같은 놈. 뭣들 하느냐. 어린 왕이 도망간다. 잡아라!

그림자들 인종에게 다가온다. 부들부들 떨고 있는 인종.

상궁 (소리) 물러가라! 감히 어느 안전이라고 해하려느냐?

그림자들 칼을 든다. 그러면 다른 무리들(정지상, 묘청)의 칼이 그림자를 진압한다.
쓰러져나가는 그림자들.
그것을 보던 이자겸 비통해한다.

이자겸 내 국새! 내 국새! 반드시 다시 찾으러 올 것이다. 이놈!
정지상 이자겸이 물러난다. 탁준경이 이자겸을 물리쳤다.
묘청 (소리) 만세! 만세!
왕구 (문 앞으로 나와) 이자겸을 영광으로 유배 보내라! 또한 그의 재산을 몰수하여 국고로 환수하고, 식솔들과 노비들도 합당한 죄를 물어 나라의 본보기로 삼아라!

정지상 어린 인종 앞에 예를 갖추고 있다. 상궁 창문 뒤로 물러나 형체로 남는다. 이하 한시(漢詩)들 영상으로 투영되면 좋겠다.

상궁 서문하성(中書門下省)에서 조칙(詔勅)을 심의하는 좌정언(左正言) 정지상 나리시옵니다.
지상 알아보시겠사옵니까?
왕구 (덥석 손을 잡는) 아다마다. 그대가 다섯 살 때 지었다는 "하인장백필 을자사강파"를 똑똑히 기억하네. "어느 누가 흰 붓을 가지고 을(乙)자를 강물에 썼는고(何人將白筆 乙字寫江波)" 고려의 천재 시인을 몰라보면 섭하지 않겠는가?

지상 망극하옵니다.

왕구 또. 림궁범어파(琳宮梵語罷) / 천색정유리(天色淨琉璃) "절에서 경 읽는 소리 끝나니 /하늘빛이 유리처럼 깨끗하네" 이 시를 특히 좋아하네. 어찌 그런 맑은 문체를 구사할 수 있나.

상궁 좌정언 정지상 나리께서는 판이부사 대감과 쌍벽을 이루는 고려 최고의 문인들이옵니다.

왕구 이 사람. 그대가 나를 구해준 일등 공신이네.

지상 하늘 아래 군주는 둘일 수 없사옵니다. 혹여 다치신 곳은?

왕구 열기에 몸이 그을렸지만 괜찮네. (긁는다)

지상 이번 이자겸 난으로 많은 백성들이 피를 흘리고 궁은 불에 타 흔적조차 없사옵니다. 새롭게 궁을 지으시어 고려의 자존심을 회복하소서.

왕구 그리하라.

상궁 (문 뒤에서) 하명하신 새 궁이 완성되었다고 합니다.

왕구 뭐라. 벌써? 내 여기 서서 두어 발 움직였을 뿐인데, 그 말이 참말인가?

상궁 그러하옵니다.

왕구 거, 참. 신통방통한 일이롤세. 여관 안 그런가?

상궁 네. 맞습니다.

왕구 누구의 능력인가?

지상 그 자가 여기 와 있습니다.

왕구 그래.

지상 들어오시게.

승복을 입은 묘청 문을 열고 들어선다. 그의 눈이 빛난다.

왕구 눈빛이 좋구나.

묘청 승녀 정심 인사드리옵니다. (예를 갖춘다) 나무아미타불 관세음보살.

왕구 듣자하니 그대의 능력이 남들보다 두드러진다지?

지상 태일옥장법을 구사하여 궁을 지었는데 보는 이들 모두 혀를 내둘렀지요.

왕구 태일옥장법?

묘청 궁궐터에 장군 네 명을 사방에 서게 하고, 병졸 백 이십 명은 창을, 삼백 명은 횃불을 들리고, 또 이십 명은 촛불을 들어 둘러서게 한 후에, 길이 삼백오십 보나 되는 하얀 삼베 줄 네 가닥을 사방에 끌어당겨 궁의 터를 다지고, 나쁜 기운을 없애는 주술이옵니다.

지상 그래서? 어찌 되었는지 설명하시게.

묘청 궁을 짓는 동안 병나거나 죽어나간 사람이 없고, 가뭄이나 홍수도 없었으며, 공정일도 근 백여 일이나 단축되었지요. 관세음보살.

왕구   허허. 그거 묘한 일이 아닌가.

묘청   궁을 짓고 난 후 맑은 비가 내렸으니 고려의 앞날은 밝습니다.

왕구   그것을 어찌 아시오?

지상   승려 정심은 풍수지리와 음양오행에 능할 뿐 아니라, 인간 사회에서 벌어지는 길흉화복을 예측하는 혜안이 뛰어납니다.

왕구   미래를 내다볼 수 있는 능력이라? 참으로 귀한 인재를 얻었구나.

지상   그러합니다.

왕구   기묘한 방법으로 궁을 지으니 맑은 비가 내렸구나. 내 그대의 법명을 묘청이라 부르고 싶네. 어떤가?

묘청   묘청? 새가 날개를 얻었습니다. 나무아미타불 관세음보살.

왕구   (합장)

지상   (합장)

왕구   묘청. 늘 내 옆에서 훈수를 부탁하오.

묘청   (합장)

지상, 예를 갖춘다.

지상   소인 정시상. 폐하께 표문을 올리나이다.

왕구   표를 가져오라.

지상   (쓴 글을 내민다) 묘청은 성인이니 국가의 일은 무엇이나 물어 본 뒤에 행하시옵고 그가 청하는 무엇이든 들어 주셔야 정사가 바로 잡히고 일이 성취될 것입니다.

왕구   (받는다) 그리하겠소.

묘청   성은이 망극하옵니다. 관세음보살.

젊은 부식 들어온다.

부식   폐하. 이들을 가까이 두는 것은 좋으나, 정사에서 도술은 멀리 하셔야 합니다. 그것은 미신입니다.

묘청   도참설이 미신이라니요? 미륵의 깊은 뜻이외다.

지상   이 사람 판이부사 우리를 질투하시는가?

부식   질투라니 당치않네. 폐하 정치는 풍수지리와 음양오행으로 하는 것이 아니옵니다. 그것은 참고할 만은 하나 본류가 될 수는 없습니다.

묘청   개성의 기운이 다 했으니 서경으로 수도를 옮기시지요.

지상   고려가 천하를 제패해 중심이 되어야 합니다. 작금의 개경세력들은 고려에 사대하던 여진에게 오히려 사대를 하는 미치광이들로 자존심도 내팽개친 자들입니다.

부식   뭐라? 지상이 자네. 역사를 어찌 맘대로 해석하는가.

묘청   부디 금나라를 정벌하여 고려의 기강을 세우소서.

지상   서경천도!

묘청   금국정벌!

지상 서경천도!

묘청 금나라를 정벌하고 수도를 서경(평양)으로 옮기셔야 합니다.

부식 그럴 수는 없습니다.

지상 개경의 운은 다 했네. 고려를 위해. 국익을 위한 길이라는 것을 왜 몰라.

부식 국익? 서경귀족들이 출세하려는 꼼수를 누가 모를 줄 아는가?

지상 개경 귀족들은 부패하고 무능하네.

지상 폐하, 저들의 간사한 모의에 현혹되지 마십시오. 풍수지리를 들먹여 백성의 마음을 속이고 있으니 장차 환란이 일어날까 두렵나이다.

묘청 고구려의 기백을 찾으셔야 합니다.

왕구 (어지럽다) 시끄러워요. 물러들 가세요! 물러들 가란 말이다!

상궁 (부축한다)

이자겸 (그림자로 숨어 있다가 나타난다) 내 국새를 다오. 국새. 굴비랑 바꾸자. 어. 왕구야. 왕구. 어찌 국새를 내놓지 않느냐.

지상, 묘청, 부식, 창문 뒤로 숨어든다. 위치로 돌아온 문. 인종 칼을 휘두른다.

지상 (소리 그림자) 서경천도!

묘청 (소리 그림자) 금국정벌!

이자겸 (소리 그림자) 국새! 구야 내 국새를 다오! 어서!

인종 어찌 죽은 자들이 산 왕을 능멸하는 것이야. 이놈들. 이
놈들. (잠에서 깬다)

황후 놀라서 뛰어 들어온다.

4. 여름

매미가 운다. 인종 지쳐 쓰러진다.

인종　　이놈들이. 이놈들이.

황후　　꿈을 꾸신 겝니까.

인종　　황후. 임자! 모든 것이 허하오.

황후　　모처럼 잘 주무셔서 꿈을 꾼 겁니다.

인종　　꿈.

황후　　잠을 이루지 못 하면 꿈도 못 꾸는 것.

인종　　헌데? 왜 죽은 자들이 내 발목을 잡을꼬?

황후　　꿈은 반대라 하지 않습니까. 좋은 징조입니다.

인종　　그대의 미모, 인품, 성품, 글쓰기, 바느질. 나는 지금도 당
　　　　　신을 생각하면 설레인다오. (사이) 두 이모를 폐위 시키고
　　　　　얼마 지나지 않아 꿈을 꾸었소. 어떤 노승이 내게 들깨
　　　　　닷 되, 황규 서 되를 주고 가는 거요.

황후　　들깨, 황규…….

인종　　그래 직관에 물으니 장차 임씨 성을 왕비로 맞이한다는
　　　　　게 아니겠소. 난 코웃음을 쳤지. 허허허. 그런데 이렇게
　　　　　임씨 여자를 왕비로 맞아 십년 하고도 팔년을 같이 살고
　　　　　있으니.

황후　　왜 후회되십니까?

인종 무슨 그런 말을…… 나는 당신과 천생연분이라 생각하오. 같은 해에 태어나 똑같이 나이를 먹고 있으니, 우리는 부부요, 연인이요, 또 벗이리니.

황후 벗. 참 좋은 말입니다.

인종 그대를 왕비로 맞이하던 날이 눈에 선하오.

조명 변한다. 젊은 날의 모습으로 돌아간다.

인종 꿀타래처럼 달달했던 우리들 신혼 참 좋았소. 허나 나는 애비 될 준비가 안 된 철부지였어. 신하들과 말을 달려 개경에서 드넓은 철원까지 사냥을 다니곤 했으니. 그때 임자의 한 마디가 나를 깨우친 거야.

무대 반대쪽 끝, 어린 인종과 어린 황후의 모습이 보인다.

어린 황후 (강단지게) 매일 사냥을 다니시면 수발을 들어야 하는 백성들 고초가 얼마나 힘들겠습니까. 겨우 왕권이 안정되었는데 정사에 전념하셔요. 사냥을 멀리하고 책을 가까이 하시어, 학문이 강물처럼 넘치는 부강한 고려를 만드셔야지요. 이제 한 아이의 아버지가 되실 분이십니다.

왕구 뭐라? 내, 내가 아버지. 그 말이 사실이오. 여봐라. 들었느냐. 내가, 내가 아버지가 된다.

어린 황후 좋으셔요?

왕구   좋다마다. 좋소. 덩실덩실 춤을 추겠소. 내가 아버지가
               된다니. 여봐라! 내가 아버지가 된다. 하하하. 하하하.

               사이.

인종   그때, 정신이 번쩍 들었소.

황후   정신이 번쩍 나라고 한 말이었습니다.

               어린 부부를 보는 그들.

어린 황후   서적소(書籍所)를 설치하여 여러 학사들과 학문을 탐구하
               고 강독하셔요.

왕구   부강한 고려. 황후가 꿈꾸는 부강한 고려는 어떤 것인가?

어린 황후   그것은 물질이 아니옵니다.

왕구   물질이 아니라면?

어린 황후   정신이지요.

왕구   정신이라. 정신!

어린 황후   네.

왕구   그것을 어디에서 찾는단 말인가?

어린 황후   그것은 찾는 게 아니라 만드는 겁니다.

왕구   모호한 말이로다. 그러나 그 말이 신비롭고 묵직한 울림
               이 있구려.

어린 황후   학식이 높은 분을 스승으로 모시고 견문을 넓히셔야 합

니다.

왕구 황후, 혹여 샛길로 새거든 채찍질을 해 주시오.

어린 황후 들어간다. 그러면 부식, 지상 들어온다.

부식 폐하 "유 동이종대 이속인 인자수 유군자부사지국(惟 東夷 從大 夷俗仁 仁者壽有君子不死之國)"이 뜻을 말씀해 보소서.

왕구 오직 동이만이 대의를 따른다. 이의 풍속은 어질다. 어진 이는 장수한다. 군자들이 죽지 않는 나라다.

지상 누구의 글입니까?

왕구 후한의 경학자 허신이 필생의 노력을 기울여 저술한 설문해자에 나오는 글귀입니다.

지상 (박수를 친다) 옳거니. 그렇다면 군자들이 죽지 않는 나라는 어디여야 합니까?

왕구 그야 당연히 이곳 고려지요.

지상 옳습니다.

부식 폐하의 영특함이 국자감 유학자들보다 수준이 높습니다.

왕구 과찬이십니다. 스승님들께 사사 받아 그러한 것입니다.

지상 경전의 학습도 중요하지만 정치적 식견을 높이는 시무책을 익히시고, 반드시 글씨를 연습시키되 하루에 한 장씩 쓰십시오.

왕구 쓰고, 읽고 게으름 피우지 않겠습니다.

부식　당대 최고의 시인이 옆에 있으니 저 또한 든든합니다.

지상　당대 최고의 문장가께서 옆에 있으니 저 또한 든든합니다.

웃는다.

왕구　스승님의 가르침대로 부강한 나라를 만들겠습니다.

지상　부강한 나라? 그 나라는 어떤 나라입니까?

왕구　군사적으로 튼튼한 나라이옵니다.

지상　그러하옵니다. 외세를 물리치고, 아니 고구려의 옛 영토를 찾을 수 있는 그런 강력한 군사력.

부식　부강한 나라란 군사력만으로는 어림도 없습니다. 반드시 문화가 꽃피우는 그런 나라이어야 합니다.

지상　그러니, 반드시 금을 정벌하여 만대에 고려의 위상을 떨치십시오.

부식　보병의 고려가, 기마병의 금을 대하기에는 아직 무리수입니다.

지상　이보게. 이곳은 경연장일세.

부식　그래서 드리는 말이네.

지상　승려 묘청의 말대로 금나라를 정벌하소서!

부식　무슨 허망한 말이오. 금나라를 정벌하자니?

지상　그러면 금나라에 계속해서 사대라도 하자는 건가?

부식　사대라니? 이보시게 누가 누구를 사대하는가? 국경 문

제로 붉어진 외교적 갈등을 평화적으로 해결하는 방법
이 사대라니.

왕구　"도부동(道不同)이면 불상위모(不相爲謀)니라" 공자께서 말
씀하셨다지요. 추구하는 도가 같지 않으면 서로 일을 도
모하지 말아야 한다. 어찌 스승님들은 만나기만 하면 티
격태격입니까. 고려를 사랑하는 마음이 너무 깊어서 탈
입니다. 아무래도 오늘밤은 고매하신 스승님들의 소견
을 더 듣고 싶으니 퇴청하지 마시고 제 옆에서 밤새 글
을 읽으셔요.

지상　오늘 우리 두 사람 벌을 받는 겁니까?

왕구　예. 받으셔야지요.

부식　그런 벌이라면 매일 받고 싶습니다.

그들 웃는다.

왕구, 부식, 지상 문 뒤로 사라진다. 그를 보는 지금의 인종과 왕후.

인종　한 사람은 떠나고, 또 한 사람은 내 곁에 남고, 세상이란
알 수 없는 것인가 보오.

황후　(뒤에서 안는다) 그러니 강건하셔야 합니다. 제발…….

인종　두렵소. 내 병은 나날이 더 깊어가고, 대신들은 사사건건
트집을 잡아 판이부사를 내 치라고 하니. 그래도 당신의
깨우침이 지금의 나를 있게 한 게요. 황후, 그대는 참 좋
은 벗이요. 예나 지금이나 고맙소. 어질고 성품 좋은 아

내로, 자상한 아홉 명의 엄마로 내 곁에 있어서. 황후.

황후 예.

인종 내 비록 아프지만 열째 아이 생산을 위해 한 몸 불사를 터이니 가까이 오시오.

황후 아랫사람 듣겠어요.

인종 뭐? 아무도 없구만. (팔을 벌린다)

황후 아이, 몰라라. 부끄럽사옵니다. (안긴다)

두 사람 포옹을 한다.

상궁 들어선다. 헛기침.

인종 …… 장 상궁! 인기척을 하고 들어오시게. 모처럼 달아 올랐는데…… 거 참.

상궁 (뒷걸음친다. 손으로 눈을 가린다) 아이고. 하던 거, 마저 하시고…… 못 볼 것을…… 아이고 눈 버렸네.

인종 됐다. 분위기도 깨지고…… 장 상궁은 나에게 젖을 물리고, 목욕을 시키고, 글을 깨우치게 하고, 궁에 불이 났을 때는 목숨을 걸고 구했으니, 내 어머니 같은 존재다.

상궁 갑자기 왜, 그, 그런 칭찬을? 저를 내 치실런지?

인종 어찌 내 살붙이를 잘라내겠는가?

상궁 (고개를 조아린다) 망극하옵니다.

인종 그래도 방금은 좀 아쉽네…….

황후 그만하셔요. 민망합니다.

상궁	(약을 내민다) 탕약을 드십시오. 대신들이 오시고 계십니다.
황후	드소서.
인종	그들을 이겨내려면 먹어야지. 암. (마시는)

대신들 들어선다.

황후	저들에게 나약한 모습을 보이시면 아니 됩니다.
인종	(끄덕)

대신들 목례를 하며 예를 갖춘다.

인종	종사에 바쁘실 터인데, 대신들께서 삼복더위에 어인 일이오들?
대신1	좋은 새는 곧은 나무를 찾아 가는 법이니, 신하가 주군을 찾아 머리를 조아리는 게 당연한 도리인 줄 아옵니다.
대신2	맹자께서 왕은 바람이고, 백성은 풀이라 했습니다.
인종	그래, 바람? 나는 어떤 바람인가?
대신2	허허허. 바람이 크게 불면 곡식이 쓰러지고, 바람이 불지 않으면 벌레가 들끓어 쭉정이가 됩니다.
인종	어허, 어느 바람이 되어야 하나. 하늬바람이 좋은가? 높새바람이 좋은가? 아니면 된바람이라도 맞으시겠소?
대신1	바람의 방향이 아니라, 바람의 내용이지요.
인종	하하하. (한참을 더 웃는다) 옳아. 내 간을 보겠다?

대신1 간이라니뇨. 군신지간에 어찌 감히. 당치않습니다.

인종 빙빙 돌려 말하지 마시고, 패를 보이시오?

대신 패라뇨?

인종 무엇이 궁금하오?

대신2 흠. 판이부사 대감께서 궁에 들어오시고 벌써 세 번째 여름이 지나고 있습니다. 소인들은 그것이 영…….

인종 여엉?

대신2 장막 뒤에서 무엇을 하시는지 미심쩍습니다.

인종 마음이 놓이지 못한다. 하하하. 그럴 테지요.

대신1 폐하, 바람이 편하면 마음을 놓겠습니다.

인종 판이부사 대감은 내 오랜 스승이외다. 시골에 박혀 은둔 하기에는 아깝지 않소. 여기 판이부사 대감보다 학식이 뛰어나다고 생각하는 자 손들어 보시오? 보시오. 그러니 내가 판이부사 대감을 가까이 둘 수밖에.

대신1 그래도 그것이. 보는 눈이 있고, 들리는 귀가 있는데.

인종 그렇다면 판이부사 대감을 뵈러 같이 가십시다들.

매미소리 높다. 편수관 문이 내려온다. 사관, 부식 책상과 의자를 밀고 들어와 앉아 책을 보거나 글을 쓰고 있다.

대신들 흠흠.

인종 자네는 빙고에 들러 최고로 좋은 얼음을 내오시게. 더운 여름 신하들과 얼음 화채를 먹고 싶네.

상궁   (나간다)

끄나풀이 상궁을 미행한다.

인종   삼복더위에 얼음을 먹을 수 있다는 건 선조들의 지혜요.
황후   그러하옵니다. 우리 고려는 이웃한 어느 나라보다 얼음
         보관 기술이 뛰어나, 궁궐뿐 아니라 각 고을에 빙고를
         두고 있으며, 문종 때부터는 해마다 여름철에 벼슬에서
         물러난 퇴직 공신들에게는 삼일에 두 차례씩, 현 공신들
         께는 칠일에 한 차례 얼음을 나눠주고, 백성들도 골고루
         얼음을 나눠 쓰고 있지요.
인종   자리를 옮깁시다.

문을 열고 나간다. 걷는다.

인종   판이부사는 궁궐 작은 방에 몇 명의 학자들을 모아놓고
         고려의 백성들이 편안하게 살 방법을 연구 중이니. 전라
         도 강진, 장흥…… (변하고) 황후? 고향이 전라도 장흥 아
         니오?
황후   그러하옵니다.
인종   장흥은 뭐가 좋소?
황후   천관산, 억새풀, 은어, 민어, 키조개, 드넓은 갯벌, 고사
         리, 취나물, 낙조…… 아이들 웃음소리…… 이루 다 헤아

릴 수 없습니다.

인종 오늘은 전라도 강진 일대에서 올라온 젓갈, 도자기, 꿀, 삼베, 비단들을 각 포구며 점포에 골고루 풀어 독과점을 방지할 묘책이 무엇인지 강론하는 날이오. 그대들도 좋은 생각이 있으면 의견을 내 놓으시오.

편수처로 들어서는 인종.

인종 잘 되신가?

부식 폐하. 연통도 없이.

인종 허허허. 번거롭게 뭘. 여러 대신들이 함께 한다기에 같이 왔소.

부식 어서들 오시오. 앉을 자리도 없는데…… 자자. 좁지만 의자에 엉덩이를 반씩 나누어 앉읍시다.

대신1 (잽싸게 앉는다)

대신2 (역시 앉는다)

대신1 밀지 마시오.

대신2 밀다니.

대신1 방금 밀었잖습니까.

대신2 숨을 쉬었습니다. 숨. (숨 들이마시면 대신1 의자에서 떨어진다)

부식 뭐하느냐 가서 의자 몇 개 내오지 않고.

사관 (나가서 의자 가지고 들어온다)

대신1 (거만하게 앉는) 판이부사 이상한 소문은 들으셨는지?

부식	소문이라? 무슨?
대신2	근자에 이곳에서 관찬사서를 집필하신다고…….
부식	관청에서 서적을 편찬하는 일이야 늘 있지 않은가.
대신1	그것이 외교적 마찰을 요할 수 있는 역사서라면 문제가 달라집니다.

얼음과 화채를 가지고 들어서는 황후.

황후	날도 덥고 하니 목들 축이셔요. 화채를 만들었습니다.
대신1	판이부사 대감, 대답을 해 보십시오.
인종	(먹는) 참으로 달콤하오. (대신들에게 얼음 내민다) 그리고 이거 가지고 가시게. 선물이오.
대신들	(받는다) 황공하옵니다.
부식	허허. 날이 더워 얼음에서 물이 뚝뚝 떨어지네. 이를 어쩌나?
황후	얼음이 녹기 전에 퇴청하셔야겠습니다.
대신1	(어찌할 바를 모른다) 아니, 이게 왜 자꾸 녹나.
대신2	우리더러 빨리 꺼져라 그런 뜻 아니겠는가?
대신1	흠.
인종	내 뜻이오. 내가 더우면 그대들도 덥고, 그대들이 더우면 그대들 식솔들도 덥고, 그러면 집에서 키우는 개새끼들이 혓바닥을 길게 늘어트리고 헉헉댈 터이니, 이 얼음으로 더위를 식히라 그런 뜻이외다. 황후 안 그렇소?

황후	(긍정의 웃음) 암요. 자근자근 씹으면 시원하지요. 흐흐흠. 장 상궁 안 그런가?
부식	허허. 얼음 크기가 자꾸 작아집니다. 땡볕 더위에 귀한 얼음 다 녹네.
대신1	에헴. 난 먼저 퇴정하네.
대신2	저도 갑니다.

대신들 예를 갖추고 나간다.
황후 나가는 그들을 살핀다.

인종	아무래도 눈치를 채고 있음이야.
부식	무슨 꼬투리를 잡아서 방해할지 모르니 서두르겠습니다.
인종	(참았던 깊은 숨을 몰아쉬고 긁는다. 가슴을 때리고 버선을 벗는다)
부식	(사관에게) 너는 누가 오나 망을 좀 봐라.
사관	(문 뒤로 나가 살핀다)
황후	물을. 얼음을 씹어보셔요. 좀 나을 겝니다.
인종	(얼음 씹다 뱉어낸다) 얼음 씹을 힘도 없소. 황후, 내 몸이 천 길 낭떠러지로 빨려 들어가고 있소. (몸을 때린다)
황후	책상에 누우소서. 제가 밟아 드리겠습니다.
인종	(눕는다. 끙끙 앓는 소리)
황후	(지압을 한다) 어떻습니까?
인종	(손을 내민다)
부식	(손을 잡는다)

인종	내가 죽더라도 편찬은 계속 되어야 하네. 아시겠는가?
부식	무슨 그런 말씀을. 아직 젊으십니다.
인종	…… 묘청, 정지상 그들이 보고 싶네. 그대들 죽음은 헛된 것이 아니었어.
황후	방법은 옳지 못했으나, 그들이 품은 이념은 옳은 것이었지요.
인종	그들의 이념은 고려의 정신이었어. 부강한 나라. 자주적인 나라. 그랬지.
황후	(지압) 좀 나으십니까?
인종	좀 걸어야겠소. 답답해. 황후, 저 나무 그늘 아래로 새소리, 벌레소리 들으러 갑시다. 판이부사 같이 가시겠소?
부식	네, 그리해야지요.

사관, 나와서 인종을 부축한다. 문 밖으로 나가 걷는 그들. 사라진다. 그러면 부엌문 내려온다. 그 앞에 궁녀.

5. 미행

궁녀, 파지를 읽느라 정신없다. 상궁 들어선다.
그를 따르는 끄나풀.

상궁   네, 이년. 파지를 여태 꼬시르지 않고 뭘 하는 게냐?

궁녀   장 상궁마마.

상궁   탕약도 내오지 아니하고. 정녕 종아리에서 피가 터지도
            록 회초리를 맞아야 정신 차리겠느냐?

궁녀   장 상궁마마, 살려주십시오.

상궁   이년아 대체 뭘 읽고 있었던 게야?

궁녀   (쭈뼛거리는)

상궁   (산더미처럼 쌓여있는 파지들) 이것을 다 태우라고 했더니, 왜
            모아둔 것이냐.

궁녀   너무나 재미있고, 아까워서.

상궁   (때리는) 이런 미련 곰탱이 같은 년.

궁녀   잘 못 했사옵니다.

끄나풀 움직인다. 상궁 뒤돌아본다. 숨는 끄나풀.
상궁 아궁이에 파지를 넣는다. 활활 불길이 인다.

상궁   회초리를 들고 따라오너라.

궁녀　　마마, 용서해주십시오. 마마.

상궁, 궁녀 나간다. 끄나풀 달려 나와 타다가 만 파지 한 장을 겨우 꺼낸다. 발로 밟아 불을 끈다. 앞뒤로 살핀다.

끄나풀　　(읽는다) 온달은 고구려 사람이다. 얼굴이 못생겨 웃음거리가 되었으나 마음은 밝았다. 집이 가난하여 어머니를 봉양했는데, 사람들은 그를 가리켜 바보 온달이라고 불렀다. (고개를 갸웃) 뭥미? 이따위 것이 뭐라고 비밀리에 태워. (아무튼 품에 넣고 나간다)

타다 만 종이 한 장이 바람이 인다. 그것을 잡는 끄나풀.

끄나풀　　(천천히 읽는다) 당 태 종 은 침 략 의 군 주……. (갸우뚱)

부엌 문 올라가고, 편수관 창이 내려온다. 끄나풀 사라진다.

6. 벗

바람이 분다.

책을 들고 오는 사관.

한참동안 말없이 읽거나 쓰고 있다.

사관 (긴 하품)

부식 (들어서며) 이놈아 하품 그만하고 나가서 세수라도 해라. 땀나고 습하면 집중력이 떨어지느니.

사관 아, 아닙니다.

부식 어젯밤에도 날을 샜더냐?

사관 옛 고기들인 당서(唐書)와 신당서, 유기(留記) 신집(新集), 서기(書記) 그리고 구삼국사와 자치통감을 대조하며, 선왕이신 고려 17대 예종 때까지 저술되었던 고려사를 모두 감수했습니다.

부식 고려가 끝나지 않았으니 고려사는 옳은 표현이 아니다. 국사라 해야 한다. 한때 우리 국사가 재로 변할 위기에 있었느니라.

사관 사관 김수자 선생의 의로운 행동이 국사를 지켰지요.

부식 그렇다. 생각만 해도 끔찍하구나.

사관 사관의 본문은 그러하지요 목숨보다 국사를 아끼고 지키는 것. 저 또한 그 일에 감흥을 받아 사관의 길로 들어

섰습니다.

부식 그런 놈이 입이 찢어져라 하품을 해.

사관 (다시 늘어지게 하품)

부식 허허. 그래도. 지방 사고에서 평생 포쇄(曝曬)질이나 하며 살 테냐?

사관 스승님. 아닙니다. 제가 볕에 쪼그려 앉아 습기나 제거하려고 사관이 된 게 아닙니다. 정신무장하겠습니다. (나오는 하품을 참는다)

부식 허허허. 아니다. 잠을 깨라고 농을 친 게다. 농.

사관 네. 스승님.

부식 허허허. 그래 지금은 무엇을 보고 있었느냐?

사관 고서를 뒤척이다 좌정언 정지상이 쓴 송인(送人)에 꽂혔습니다. (분위기 잡고)

뜰 앞에 한 잎 떨어지고 / 庭前一葉落(정전일엽락)

마루 밑 온갖 벌레 슬프구나 / 床下百蟲悲(상하백충비)

홀홀이 떠남을 말릴 수 없네만 / 忽忽不可止(홀홀불가지)

유유히 어디로 가는가 / 悠悠何所之 (유유하소지)

한 조각 마음은 산 다한 곳 / 片心山盡處(편심산진처)

외로운 꿈, 달 밝을 때 / 孤夢月明時(고몽월명시)

남포에 봄 물결 푸르러질 때 / 南浦春波綠(남포춘파록)

뒷기약 그대는 제발 잊지 마소 / 君休負後期(군휴부후기)

부식 (심기가 불편하다) 그만해라.

사관 (시에 취해 흥분) 스승님의 문장처럼 막힘이 없고, 기백이

50

넘쳐납니다. 또 정형화된 율격에서 어찌 이리도 자유로운 상상이 가능한지, 시 이면에 간간이 여성성도 보이고.

부식   (헛기침)

사관   이별의 아픔을 바탕에 깔고 있으면서도, 떠나는 사람과 보내는 사람이 서로 끈끈한 유대감 속에서 슬픔의 정한을 노래하고 있으니…… 내추럴하고 언빌리블하면서 라이브 한 텐션에 완죤 홀릭 했습니다.

부식   뭔 개소리를 짓거리는 게야.

사관   서역에서 유행하는 말이라기에 저도…….

부식   야, 이놈아. 너는 사관이라는 놈이 역사 공부를 옳게 한 게야?

사관   예?

부식   좌정언 정지상은 묘청의 난 때 내 칼에 죽었느니라. 가장 친한 벗을 이 손으로 피를 묻혔으니 내 심정이 오죽하겠느…….

사관   스승님 죄송합니다. 입방정. 입방정. (억지로 하품) 하품이 자꾸 나오지. 세수를 좀……

사관 나가다 의자에 발이 걸려 넘어진다.

우르릉, 소낙비가 내린다.

한참동안 낙숫물 감상하는 부식. 문을 열고 들어선다. 열린 문.

부식   (심란한 마음을 글로 쓴다)

지상   (쓱 나와 그의 옆에 앉는다)

천둥이 친다. 비가 거칠다.

부식   (글쓰기에 몰입) 이눔이, 고양이 세수를 한 게야…… 비 들이친다 문 닫아라.

지상   (쓴 글을 본다)

부식   왜 말이 없는 게냐?

지상   필체는 여전하이.

부식   (본다)

지상   이 사람아, 잘 있었는가?

부식   …….

지상   허허허.

부식   아, 아니. 자, 자네는?

지상   허허허허. 놀랬는가?

부식   어찌 죽은 귀신이…… 내가 헛것을 본 것이지.

지상   그럼, 나는, 살아있는 것을 본 것이지. 왜? 놀랬는가?

부식   썩 물러가시게.

지상   야박하이. 간만에 찾아온 벗을 내 칠 셈인가. 어디 보세. (쓴 글을 천천히 읽는) "류색천사록(柳色千絲綠), 도화만점홍(桃花萬點紅)"이라. "버들 빛은 일천 가닥 푸르고 / 복사꽃은 일만 점이 붉구나" 잠꼬대 같은 소리 하고 있네. 버들가지가 천 개인지 세어보았나? 복사꽃 봉우리가 만 개인지

52

헤어보았어?

부식　많음을 표현한 비유이고, 상징일세.

지상　이렇게 해 보시게. 천사(千絲)를 사사(絲絲)로 바꾸고, 만점 (萬點)을 점점(點點)으로…… (쓴다) 이렇게. 어떤가?

부식　"버들 빛은 실실이 푸르고(柳色絲絲綠) / 복사꽃은 점점이 붉구나(桃花點點紅)"글자 한 자를 바꿨을 뿐인데 어찌 시의 품격이 달라지는가. 자네는 죽어서도 천상 시인일세.

지상　그런가? 허허. 고마우이.

부식　시대를 잘 못 만난 탓이야. 나는 풍부하지만 화려하지 않았고, 자네는 화려했으나 떨치지는 못 하였으니…….

지상　훗날 역사가 평가하겠지?

부식　역사라?

지상　뒤안길로 사라지는 모든 것은 역사가 아닌가?

부식　숨을 쉬는 이 순간도 천년 뒤에는 역사로 남을 테고.

지상　그래서 대신들 몰래 역사편찬을 하는가?

부식　폐하의 뜻이네. 문화가 꽃피고 있는 시기일세. 그간 득세하던 문벌과 외척을 물리치니, 비로소 나라의 안녕을 찾았네.

지상　나는 문벌도 외척도 아닌…….

부식　이상주의자였지.

지상　흐흐흐. 현실론자였네.

부식　그랬으면 살아있었을 거야. 자네가 늘 그립고 미안하네.

지상　입에 침이나 바르고 그런 소리 하시게. 나는 자네가 쓰는 역사는 믿지 못 해. 훗날 비판의 대상이 될게야.

부식 이제 보니 나를 감시하러 왔구만. 무엇을 못 믿나?

지상 금나라에 사대하자 했던 자네가 고려의 역사를 써. 아냐, 자넨 금나라의 사관에나 어울려.

부식 닥쳐라 이놈! 전쟁을 미리 막고, 평화관계를 유지하자는 내 뜻이 사대주의라니. 유령으로 떠도는 귀신 주제에 입을 함부로 놀려?

멱살을 잡는 부식.

지상 왜? 내 목에 또 칼을 댈 텐가?

부식 못 할 것도 없지.

지상 모가지에서 붉은 피가 솟구쳤어. 콸콸콸콸. 눈을 감는 마지막 순간까지. (으르렁) 폐하, 금을 정벌해야 하옵니다! 금을 정벌해야 하옵니다! 폐, 하!

멀리서 아득하게 들리는 북소리.
점점 커진다.

7. 회상

대신들 문 뒤에서 우르르 쏟아져 나온다.

대신들　금을 정벌하옵소서!

대신1　수도를 서경으로 천도하고 금을 정벌하소서!

대신2　고려의 수도를 개경에서 서경으로 천도하시어 금나라를
　　　치셔야 합니다.

지상　송나라와 손을 잡고 금을 공격해야 합니다.

부식　지상이 그게 무슨 말인가.

지상　자네는 금나라에 사대하자 했으니 빠지시게.

부식　송과 손잡는 건 사대가 아니고, 금나라와 평화적 관계를
　　　맺는 건 사대인가? 그런 억측이 어딨나!

대신들　통촉하여 주소서.

대신1　수도를 서경으로 천도하소서!

대신들　천도하소서!

스물여덟의 인종 나온다. 창살이 내려온다.

인종　태조께서 이곳 개성 만월대에 도읍을 정하고 국호를 고
　　　려라 하였소. 어찌 수도를 옮기자는 것인가?

지상　태조 왕건께서 고려를 건국하신 뜻은 고구려 옛 영토를

회복하겠다는 의지였습니다. 지금이 적기이옵니다.

부식   이보시게. 폐하의 의식을 흐리지 말게. 광활한 영토를 지배한 금나라가 아직도 오랑캐쯤으로 보이나? 폐하, 좌정언의 말에 개의치 마소서.

대신1   판이부사? 작은 나라가 큰 나라를 섬기는 것은 어쩔 수 없는 일이라고 했지요. (책을 들고) 여기 사초에 그리 적혀 있소. 작은 나라는 어디이고 큰 나라는 어디오?

대신2   금은 큰 나라라 칠 수 없는 건가? 하하하하.

지상   이백 년 전 거란의 태종이 보낸 낙타 오십 필을 만부교 아래에서 굶겨 죽이고, 사신 서른 명을 유배 보냈습니다. 고려의 기백은 바로 그것입니다.

대신들   유념하소서!

부식   이보시게들. 어찌 거란을 금나라와 비교하는가?

인종   금나라도 초기에는 우리 고려에 조공을 바치고 사대했다지?

부식   그때의 금이 아닙니다. 작금의 금을 보셔야지요.

대신들   판이부사!

부식   송나라를 양자강 아래로 밀어내고 끝없이 펼쳐진 중화의 땅을 차지하고 있지 않은가? 현실을 보시게. 현실!

지상   송나라와 손을 잡고 금을 공격하소서. 그리하여 고구려 옛 땅을 찾아 만대에 떨치셔야 합니다.

부식   송과 손을 잡자니. 송이 승리하여 위세가 커지면 그때는 어찌할 건가?

대신1 송은 당나라를 계승한 중화의 으뜸이니, 송과 손을 잡으심이 마땅합니다.

부식 어찌 고려의 운명을 남의 나라에 맡기려 하나.

지상 역사에 만약은 없네?

부식 혹여 전쟁에서 금이 이기기라도 하면 고려는 바람 속 등잔불이 되어 발해처럼 백성들이 유랑자가 되고 말 것입니다.

대신들 역사에 만약은 없소이다.

인종 남북 사천 리, 동서 이천 리. 고려의 땅 한 뼘도 적들의 수중에 들어가서는 아니 된다. 저 바다 건너 이어도에서 백두산 위 천리까지 고려의 땅이다.

부식 그러하옵니다. 전쟁은 백성들을 죽음으로 내모는 지름길입니다. 통촉하소서!

북소리. 묘청 들어온다. 커지는 북소리.

묘청 폐하, 묘청이옵니다.

대신들 부식 지상 길을 열어준다.

묘청 신 묘청 폐하께 표문을 올리나이다.

인종 표를 가져오라!

묘청 글을 올린다.

묘청   (표를 읽는다) 개경의 지덕은 쇠약하여 나라를 중흥하고 국
운을 융성하게 하려면 기운이 왕성한 서경으로 수도를
옮겨야 합니다. 서경의 기운은 아침 해와 같으니 나라의
앞날을 위해 응당 그리하셔야 합니다.

인종   지는 해와 뜨는 해?

대신1   승려 묘청의 간언을 들으소서!

대신2   간언을 들으소서!

묘청   (독경 읊듯) 출병하여 송나라 군을 응접해 큰 공을 이루시
오, 폐하의 공덕이 중화의 역사에 길이길이 남도록 하시
고, 서경으로 천도하여, 새 궁궐에 임금이 계시면 천하를
아우를 수 있으며, 금나라가 폐백을 가지고 항복해 올
것이고, 이웃한 서른여섯 나라가 복종케 될 것이옵니다.
관세음보살.

지상   승려 묘청을 말을 따르소서.

인종   금이 고려에게 항복해?

묘청   그러하옵니다.

인종   묘청의 뜻대로 하라!

지상·대신   만세! 만세! 만세!

부식   묘청, 무슨 근거로 금나라가 항복해 온다는 겐가?

묘청   서경의 풍수자리가 그러하옵니다.

부식   폐하. 소인 사신단으로 송나라 수도 개봉에 머물렀사옵

니다. 개봉은 인구 오십만이 넘고 서역과 교류하며 문화
수준을 자랑하는 활발한 도시였으나 금나라에 함락되
었습니다. 그 이유가 바로 풍수지리 같은 도참술 때문이
었……

묘청 자리를 뜬다. 인종 따라간다.

부식　　(그 앞을 가로막고)

묘청　　물러나라.

부식　　송나라 흠종이 도교도사 곽경에게 도성 수비를 맡기자,
　　　　그가 말하길 "자신이 도술을 써서 육갑 신병을 부르기만
　　　　하면 금나라 군대는 쉽게 무찌를 수 있다" 하였지요. 그
　　　　육갑신병이란 칠천칠백칠십 명의 도성 백성에게 성을
　　　　에워싸게 하는 것으로, 병법이 아닌 미신이었습니다. 금
　　　　나라 기마병은 모래성을 짓밟듯 도성을 쉽게 함락했고,
　　　　송나라 황제 흠종을 비롯한 모든 황족들이 금으로 압송
　　　　되어 노예가 되었습니다. 풍수지리는 미신이옵니다.

인종　　금이 항복한다지 않소. 금이! (묘청에게) 길을 안내하라.

부식　　폐하! 고려를 생각하소서 고려를!

지상　　모든 것은 국익을 위한 것이오. 비키시게.

대신들 부식을 끌어 내린다.

인종, 묘청 걷는다.

부식 탄식한다. 북소리 높아진다.

묘청   다 왔습니다. 저기 대동강만 건너면 서경이옵니다.

인종   묘청. 대동강 물이 상서롭소. 어찌 무지개 물빛이 흐르는가? 신비하구나.

묘청   허허허. 폐하. 이건 용의 눈물입니다.

대신들   용의 눈물.

묘청   그렇소. 서경으로 천도를 하니 하늘로 승천하던 용이 기뻐 눈물을 흘리는 게지. 나무아미타불 관세음보살.

대신들   묘한 일이로다. 묘한 일이야.

인종   정말 용이 눈물을 흘렸나?

묘청   보고도 못 믿으시옵니까. 대동강 물이 온통 일곱 빛깔 무지개이옵니다.

그 앞을 가로막는 상궁. 황후. 상궁 떡시루를 들고 있다.

대신1   무엄하다. 감히 상궁 나부랭이 주제에 어디 길을 막아서느냐?

황후   그것은 용의 눈물이 아닙니다.

대신들   (수근덕) 뭐? 용의 눈물이 아니라니.

황후   장 상궁. 고하시게.

상궁   기름 든 떡을 대동강에 넣고 조화를 부린 겁니다. 이것이 바로 그 떡시루.

인종 묘청, 지상. 과인을 능멸하는 것인가?

상궁 떡시루 바닥에 던지면 와장창 깨진다.
대신들 웅성거린다.

황후 길을 돌리셔요. 저들이 이념은 좋으나 과정은 정당치 않습니다.

묘청 소인들을 따르소서!

대신1 어찌할 텐가?

대신2 조금만 더 지켜보세.

인종, 상궁, 황후 다시 반대쪽으로 걷는다.

묘청 폐하! 그 길이 아닙니다. 이 길이 고려의 길입니다.

인종 더 멀어진다.

지상 폐하!

묘청 폐하!

비가 쏟아진다. 천둥이 친다.

묘청 정녕 그리 하시겠다면 우리도 우리식으로 할밖에. 여봐

61

라! 개경으로 오가는 자비령 길목을 막고 모든 고을의
군사를 서경으로 집결케 하라.

인종　…… 이놈들이!

황후　고려의 충신이라는 자가 난을 일으켜?

묘청　난이라니요. 나라를 세울 것입니다. 새로운 나라!

북소리.

묘청　국호를 대위국. 연호를 천개. 군대를 천견충의군이라 불
러라. 깃발을 올려라!

거대한 깃발을 흔든다.

묘청　개경으로 진격하라!

인종, 그들과 멀어진다. 진영이 양쪽으로 나뉜다.

부식　이 사람 정지상! 이것이 금을 정벌하는 것인가? 어찌 칼
을 안으로 내밀 수 있단 말인가? 정녕 이것이 국익인가?
이것이 국익!

지상　우리 뜻을 접을 수 없소. 우유부단한 왕을 믿을 수 없네.
고려의 힘으로 외적을 물리치고, 고구려의 옛 영광을 되
찾을 유일한 길.

부식　그 칼이 겨누는 방향이 어디인가? 금인가 고려인가?

인종　고려를 분열시키는 행위를 당장 멈추세요. 스승님? 이게 부강한 나라이옵니까? 이게?

지상　그러면 이쪽으로 오소서.

묘청　응당 용상의 자리는 폐하이셔야 하옵니다.

인종　뭐라? 나를 인질로 삼겠다는 게냐? 당장 멈추지 못 할까?

묘청　군대를 정비하라!

인종　서경을 포위하라!

죽은 이자겸 '으하하하' 웃으며 그 사이.에서 춤을 춘다.

이자겸　왕구야 이놈. 내 굴비를 다오. 내 굴비를…… 아니다. 국새를 다오. 굴비를 줄　터이니 내 국새를…….

황후　서경에 식량이 떨어졌다 합니다. 민심이 묘청을 버렸습니다.

이자겸　으하하. 혹시 내 국새를 보셨소? 대체 어디로 간 것이야 국새.

묘청 편에 있던 대신들 인종 쪽으로 되돌아온다.

대신1　우리도 살아야지요.

대신2　살고 봐야지요.

대신1　길고 가늘게.

대신2 굵고 짧게는 싫으이.

황후 결단을 내리셔요. 결단을.

북소리 점점 징소리로 바뀐다.

인종 묘청과 정지상의 목을 베라!

묘청, 정지상 한 쪽으로 몰린다.
징소리 높다.

부식 (칼을 높이 든다)

지상 (으르렁) 폐하, 금을 정벌해야 하옵니다! 금을 정벌해야 하
옵니다! 폐, 하!

묘청 (합장)

지상, 묘청 쓰러진다.
칼을 던지는 부식. 한바탕 바람이 불고 비가 쏟아진다.
이자겸 칼을 거두어 지상, 묘청 끌고 들어간다.

이자겸 (소리) 으하하하! 으하하하!

지상 (소리) 고려를…… 고려를

묘청 (소리) 고, 려, 를!

무대 인종, 황후, 상궁만 남는다. 주저앉는 인종. 내리는 비. 상궁 우산을 들고 있다.

긴 사이.

인종   아끼던 신하의 목을 베었다. 이 세 치 혀로 시시하고 보잘것없는 권좌에 앉아 한때 가장 충성스럽다 믿었던 내 신하이자 스승님을 죽였어. (운다) 아, 온몸이 간지럽다. 아프다. 누가 불을 지피느냐. 불을 꺼라.

황후   슬퍼 마셔요. 그들이 택한 운명입니다.

인종   어찌 왕의 자리는 이리도 어렵단 말인가. 차라리 그때 이자겸에게 국새를 내어주고 한가로운 초가에 기어들어 남은 여생을 즐길 것을. 물고기를 낚고, 염소를 키우고, 똥오줌으로 퇴비를 만들어, 푸성귀도 기르고, 꽃도 심고 그리 살 것을 어찌하여 내 주위에는 죽어나가는 이들만 넘쳐 나는가. 나는 죄를 지었으니 오래 살지는 못 할 것이야. 이, 간지러운 통증은 언제 가시려나.

황후   (몸을 때려준다) 그들이 칼을 겨누지만 않았더라도…… 살아있었을 것을.

인종   바보 같은 자들. 미련한 자들.

황후   그들이 꿈꾸었던 이상은 먼 훗날 빛을 볼 겁니다. 역사란 그런 것이겠지요.

인종   역사라. 오래전 고려의 정신은 만드는 것이라고 했었지요.

황후   예. 그랬지요.

인종 옳거니. 그래. 내가 왜 그 생각을 못 했을꼬?

황후 왜 그러십니까?

인종 죽은 저들은 강한 고려를 꿈꾸었지. 허허허허. 고구려의 기상과 기백. 자주적인 부강한 나라. 그것은 어디에서 나오는가?

황후 해법을 찾으셨습니까?

인종 그래. 아무도 범접하지 못 하는 고려의 역사. 그것은 지나온 우리의 역사를 정리하는 것에서부터 시작되어야해. 암. 그래야지. 왜 이제야 깨달은 걸까. 허허허.

황후 우리만의 역사서를 만들면 누구도 우리를 함부로 업신여기지 못 할 겝니다.

인종 뿌리가 깊으면 흔들리지 않는 법. 묘청, 정지상 그들이 죽음으로 나를 일깨우는구나. 이 미련한 자들아.

상궁 빗줄기가 거칠어지고 있습니다. 안으로 들어가시지요.

황후 고려는 반드시 안정을 찾을 것이니 그리하셔요.

들어가는 인종, 황후, 상궁.

8. 가을

홀연히 책상으로 돌아오는 부식.

긴 사이.

부식 한바탕 소나기가 지나니 하늘빛이 유리처럼 깨끗하네. 이 사람. 지상이. 그립네. 자네라면 어떤 역사서를 쓸 테인가? 폐하께서는 점점 더 병환이 깊어 용상의 자리에 앉기 힘들고, 역사서를 써야하는 어깨는 무거운데, 자네가 있었으면 참 좋았을 게야. 쯧쯧쯧. 무심한 친구.

사관 (소리) 지금 들어가시면 안 됩니다.

대신1 (소리) 감히 너 따위가 우리를 막는 것이냐. 썩 물렀거라.

사관 (소리) 이러시면 안 됩니다.

대신2 (소리) 무엇이 두려워 우리를 막느냐?

부식 어찌 이리 소란한 거냐?

사관 (들어와) 중신들께옵서 막무가내로 들어오겠다 하시는 통에.

부식 괜찮다. 들어오시게 해라. (후다닥 책을 정리한다)

사관 나가서 대신들과 들어온다.

부식 지난여름 폐하께 받으신 얼음 잘 드셨는지요?

대신1 입 안이 얼얼하게 잘 먹었습니다.

부식 허허허. 고드름 맺지 않아 다행입니다 그려. 헌데 어인 일로?

대신1 (파지를 내민다) 이게 뭐요?

부식 그게 뭐요?

대신1 이게 뭐냐 묻지 않습니까?

부식 그러니 그게 뭐냐 묻지 않소.

대신1 잘 보시오.

부식 잘 보여주시오.

대신1 보시고도 모르시겠습니까?

부식 보니 알겠소.

대신1 대감 예서 무얼 하고 계십니까?

부식 소낙비를 구경하고 있었소만.

대신1 잡아떼지 마십시오. 역사서를 쓰고 있는 거 다 압니다.

부식 그렇다면 어쩔 테요?

대신1 좋소. 그년을 들여보내게.

밖에 궁녀를 밀고 들어오는 대신2

부식 너는 누구냐?

대신2 폐하 침소에 허드렛일 하는 궁녀요.

부식 헌데 왜?

대신1 (다시 파지를 내민다) 이래도 모르시겠습니까.

부식	흠.
대신1	대감!
대신2	대감!
부식	귀청 떨어지겠소.
대신1	이년이 대감께서 버린 파지를 죄다 모아 태우는 것을 봤소. 헌데 그 내용이.
대신2	너무 불경스러워서…….
사관	그 파지들은 불쏘시개로 쓰라고 제가 준 겁니다.
부식	너는 빠져 있거라.
대신2	오라. 이곳에서 나온 게 틀림없구만.
부식	헌데 뭐가 문젠가?
대신1	(읽으며) "당 태종은 침략의 군주다. 그는 동방을 폐허로 만들어 즐기려다 죽어서야 그만두었다." 대체 왜 이런 글이 이곳에서 나온단 말입니까? 대감 말씀을 해보세요.
부식	그럼 당 태종이 성인군자라도 되나? 성인군자라도 돼?
대신2	송나라에서 이 사실을 알게 되면 가만있겠소이까. 고려의 안위가 달린 문제입니다. 고려의 안위.
부식	대체 그대들은 어느 나라 백성이오. 고려요? 아니면 당나라요? 당나라는 이미 수백 년 전에 멸망했소. 그런 당의 태종을 그대들은 숭배하는 겐가?
대신1	송나라에서는 당 태종을 우러러 공경하오. 이건 외교적 결례요.
대신2	암요. 예의범절. 에헴.

대신1	누가 이런 글을 썼는지 반드시 밝혀내어 문책할 것이외다. (사관) 저년을 끌어내라.
사관	네?
부식	가만 있거라.
사관	네.
대신들	끌어내라.
사관	네?

상궁 들어온다.

상궁	그 글 내가 썼소이다.
대신2	뭐라?
상궁	저년은 국물이고 내가 건더기요. 한낱 무수리 따위가 뭘 안다고.
대신1	무엄하다.
상궁	내 궁에 들어온 지 올해 오십년이오. 밤이면 밤마다 남정네 품이 어찌나 그립던지 요만한 몽둥이 하나를 깎아 젖통에도 문질러도 보고 사타구니에도 대고 끙끙대봐도 그 외로움이라는 것이 가시지 않고, 하도 심심하던 차에 몇 글자 적어 저년에게 주었소.
대신2	뭐? 뭐?
상궁	야, 이년아. 그 종이를 똥닦개를 하던 코를 풀던 뚫린 창호지에 바람을 막던 불쏘시개로 쓰던 니년 마음대로 쓰

라고 했더니 어쩌자고 흘린 것이야······.

궁녀 마마 어찌······ 그것은 제가······ 파지를······.

상궁 (궁녀 뺨을 때린다) 네 이년!

궁녀 ······ 상궁마마.

상궁 그 입 닥쳐라! 주둥이 함부로 놀리면 가죽을 벗겨 저잣 거리에 던질 테다.

궁녀 (운다) 마마.

상궁 뭣들 하시오. 영감들께서 불경스럽다 하는 그 글 내 직 접 썼다잖소.

대신2 조, 조년이.

상궁 어허. 불알 달린 사내들이 왜 말을 못 믿나. 사내 구실들 을 못 하신가? 그럼, 내시? 어디 한 번 만져 봅시다. (손을 내미는)

대신1 어험. 감히 어디를······.

상궁 (대신2 만지는데 잡히지 않고) 어허. 대체 이런 번데기를 어디 에 써먹나.

대신2 네 이년!

상궁 판이부사 대감. 어떠한 일이 있어도 대업을 멈춰서는 아 니 됩니다.

대신1 상궁을 병부로 끌고 갑시다.

대신2 대체 무슨 일이 벌어지고 있는지 반드시 밝혀내야지요.

대신1 에헴.

대신2 에, 에, 에헴.

상궁 끌려가면서도 부식에게 예를 갖춘다.

따라가다 자리에 주저앉아 울부짖는 궁녀.

인종의 창살 내려온다.

9. 희생

노을이 질다.

황후　대체 왜 치료를 거부하셔요. 이러시면 안 됩니다.

인종　수백 가지 약을 먹었고 수백 가지 방법을 썼소. 약을 먹으면 먹는 족족 창자 끝에서 올라오는 똥물까지 남김없이 토해…… 이제는 지쳤소. 물도 제대로 삼키기 힘드오. 뜸도 침도 부황도 그 모든 것이 귀찮구려. 그러니 나를 내버려 두시오.

황후　힘을 내셔야 합니다. 힘을!

반대쪽 부식, 사관.

부식　고조선부터 삼한까지 이르는 상고시대는 이번 저술에서 빼야겠다. 너는 편수관들에게 이 사실을 알려라.

사관　그러면 역사서가 반쪽이 되어 가치가 떨어질 우려가…….

부식　나도 잘 안다. 그러나 폐하께서 이대로 승하하시는 날에는 이조차도 물거품이 된다. 그러니 상고시대는 다음 기회에 저술토록 하자. 대신 모든 자료를 땅에 묻고, 고구려, 백제, 신라 세 나라의 역사에 집중하라고 일러라.

사관	네.
부식	나는 폐하를 찾아봬야겠다.

사관 나간다.

부식	(혼자소리) 폐하! 힘을 내소서.
인종	판이부사.
부식	(혼자소리) 폐하!

부식, 문 밖으로 나간다. 인종의 창살문으로 다가간다.

그러면 병부(兵部) 문 내려온다. 그 앞 문초를 받는 상궁. 병사 탈을 쓰고 있다.

병부	바른대로 토하라!
상궁	내가 했다잖는가. 내가.
병부	(파지 보이는) 네년의 필체가 아니다. 누구의 글이냐?
상궁	천 번을 물어도 내가 한 것이오.
병부	가서 지필묵을 가져와라!

가져오는 병사.

병부	써라. 똑같이 글을 써라.
상궁	(노려본다)

병부   왜 망설이는 것이냐. 써라.

상궁   (던져버린다)

병부   저년이. 저년이 입을 열 때까지 주리를 비틀어라.

병사   (주리를 넣고 힘을 가한다)

상궁   아—!

황후, 약을 먹인다.

인종   (약을 토해낸다) 우—윅!

상궁의 비명과 인종의 토악질이 겹친다. 부식 창살문 열고 들어
간다.
궁녀 인종 앞에 머리를 조아린다.

궁녀   장 상궁 마마를 살려주십시오. 마마를. 제가 저지른 잘못
         이니 저를 죽이고 마마를 살려 주십시오.

병사   (주리에 힘)

상궁   악!

인종   장 상궁!

병부   말하라. 이 글을 쓴 자가 누구냐. 누구!

병사   (힘을 더 주는)

인종   장 상궁!

궁녀   장 상궁 마마를 살려주십시오. 저를 죽이시고 마마를 마

마를…….

인종 내 명으로 그리 했다고 말하라. 어서!

부식 그럴 수는 없습니다.

인종 그깟 역사서가 뭐라고 장 상궁이 누명을 쓴단 말이냐. (몸을 두드린다. 긁는다)

황후 고정하소서.

인종 내 몸. 내 몸. 나를 때려다오. 나를. 나를.

병부 장 상궁 저년이 진실을 토할 때까지 멈추지 마라!

상궁 (긴 비명)

궁녀 마마!

인종 아! (긁는다)

황후 (위에서 밟는다) 너는 물을 떠와라. 미지근한 물을 떠와. 뭐하고 있는 게냐. 눈물을 보이지 마라. 어서!

궁녀, 나간다. 보고 있던 부식 인종 몸을 누르며 안마한다.

병사 (주리에 힘)

병부 이 사실이 송나라 황실에 알려지면 고려와 송의 동맹은 깨진다. 그러면 오랑캐 여진족이 세운 금이 고려를 호시탐탐 노릴 게야. 어찌 일개 궁녀가 그런 위험한 글을 쓴단 말이냐. 누구냐? 말하라. 누구의 글이냐. 좋다. 판이부사를 잡아 족치면 될 일. 여봐라. 판이부사를 잡아들여라!

상궁   (혀를 깨문다)

인종   안 된다. 안 돼. 장 상궁은 내 어머니 같은 존재이니라. 아, 아.

병사   이년이 혀를 깨물고 죽었습니다.

궁녀, 대아를 떨어트린다.

궁녀   장 상궁 마마. 마마.

인종   장, 상, 궁!

부식   폐하, 참으소서. 참으셔야 합니다.

병부   지독한 년.

병부, 병사 나간다. 병부의 문 올라간다. 덩그러니 남은 상궁. 인종, 상궁에게 다가간다.

궁녀   마마. 마마. 저를 용서치 마십시오. 장 상궁 마마!

인종   이보시게. 눈을 뜨시게. 날 세. 나. 왕구. 자네가 젖을 물려 키운 이 나라 고려의 임금 왕구가 왔네. 그러니 눈을 뜨시게. 눈을 뜨란 말이다. 눈을! 명령이다. 어서. 어서 눈을 떠라. 장 상 궁!

황후   그만하셔요. 그만. 그러다 정말 일 나십니다. 옥체를 보존하셔요.

부식   냉정하셔야 합니다. 장 상궁께서 의로운 죽음을 택하셨습니다.

인종 장 상궁이 다 젊어지고 떠났구려. 다. 못난 나를 두고.

사이.

인종 판이부사.

부식 네. 폐하.

인종 장 상궁을 양지바른 곳에 묻어 주시오.

부식 그리하리다. (사관에게) 시체를 거두어라.

사관 네.

바람만 허공을 가른다.

상궁 (인종에게 절을 올린다) 부디 강건 하소서! (멀어진다. 타령조로) 어화 넘자, 어화 넘자. 북망산천 찾아 넘자 넘자. 어화 넘. 다시는 못 올 길, 가세 가세. 어와 넘자 어화 넘. (바뀌며) 한세상 잘 놀다 갑니다. 느릿느릿 찬찬히들 오시게.

사관, 궁녀, 죽은 상궁을 따른다.
부식 가는 상궁을 한참동안 바라보다 편수관 문으로 들어간다.

인종 (터덜터덜 자리로 돌아간다)

황후 (인종을 부축한다)

긴 바람이 인다.

사이.

10. 표(表)

끙끙대는 인종. 반대쪽 편수처 책상에 앉아 글을 쓰는 부식.
떠나는 상궁을 따라 언덕을 넘는 궁녀.
낙엽에 바람에 뒹군다.

인종　　추, 춥소. 장 상궁은 얼마나 추울꼬.

황후　　겨울바람이 매섭습니다. 이불을 덮으셔요.

인종　　(숨소리 거칠다)

황후　　고뿔 들면 큰일 나셔요. (이불을 덮어준다)

인종　　(추워 이가 부딪힌다)

황후　　여봐라. 아궁이에 장작을 지펴라.

인종　　넣지 마라. 불을 때지 마라. 불. 뜨겁다. (긁는) 말만 들어
　　　　도 간지러워 통증이 밀려온다.

황후　　알겠습니다. (크게) 불을 지피지 마라! 아궁이에 한 톨의
　　　　불씨도 넣지 마라.

인종　　나, 나는 벌을 바, 받은 것이리. 이 추운 날 불도 지피지
　　　　못 하고…….

의원　　(들어와 탕약을 내민다)

인종　　(먹지만 이내 흘러내린다)

황후　　다른 약은 없는가?

의원　　…….

황후	왜 다른 약은 없는 게야. 이 넓은 고려에 폐하께 쓸 약이 없다니 말이 되는가? 없으면 서역에서라도 구해와라. 그곳에는 별별 물건들이 다 있다잖더냐.
의원	…….
황후	네가 그러고도 의원이더냐.
인종	황후. 다그치지 마시오. 이젠 하늘의 뜻에 맡길 밖에……. (손으로 나가라는)
의원	(약을 놓고 나간다)
황후	포기하시면 안 됩니다. 고려를, 저를……. (이불 안으로 같이 들어간다)
인종	여보. 임자. 하얀 눈이 내리면 긴 발자국 남기고 걷고 싶구려.
황후	그리될 겝니다.

궁녀 언덕을 넘어 들어오며 뒹구는 낙엽을 줍는다. 사관 주위를 살피더니 그녀에게 편지를 내민다. 궁녀, 미행이 없나 확인한다.

인종	노을이 참 아름답소.
황후	그러합니다.
인종	저 놀이 지면 나도 묻히겠지.
황후	아니요. 아닙니다. 제가 절대 못 보내드립니다.
인종	(긁는)
황후	(등이며 다리를 때려 안마)

궁녀　(들어온다)

황후　장 상궁 장례는 잘 치르었느냐?

궁녀　네, 해가 제일 먼저 떠서 가장 늦게 지는 곳에 모셨습니다. (운다)

황후　눈물을 보이지 마라.

궁녀　네. (그래도 멈추지 않는 눈물)

인종　판이부사에게서는 소식이 없느냐?

궁녀　마지막 표문만 남기고 있다 하옵니다.

인종　그래. 반가운 소식이로구나.

궁녀　대신들 눈초리가 무섭다시며 이걸……. (편지 내미는)

인종　당신이, 읽어주시구려.

황후　(읽는) 고려는 황제의 나라이니 이번 역사서는 기전체로 서술하여…….

인종　기전체라면?

부식　(글을 쓰다가) 정통성을 가진 국가의 역사를 기록하는 방법으로 군주의 정치관련 본기를 연, 월, 일, 순으로 기록하는 것이옵니다.

황후　(읽는) 그에 따라 신하들의 개인 전기인 열전(列傳), 통치제도, 문물, 경제, 지진이나 가뭄 그리고 하늘의 별자리 등 자연 현상을 내용별로 분류한 잡지(志)와 연표(年表)를 기록하는 체재를 일컫는 것입니다.

사관　(부식에게) 본기 스물여덟 권, 연표 세권, 지 아홉 권, 열전 열권으로 편제되었습니다.

인종 방대한 양이오. 무려 오십 권이로다. 오십 권. 대단하다.

황후 (읽는) 여덟 명의 편수관, 보조역할을 맡은 두 명의 관구, 총 열한 명의 사관이 삼 년 동안 매달린 대업이옵니다. 최종 수정과 가필만 마치면 표문을 올릴 터이니, 부디 병마를 이기시어 소인의 글을 받으소서.

인종 판이부사. 내가 병마를 이겨낼 수 없을 것……. (숨을 몰아쉰다)

부식 이겨내십시오. 그래야 소인의 표문을 받으실 수 있사옵니다.

나가는 의원을 붙잡는 대신들.

대신1 어떠한가?

의원 (고개를 젓는)

대신2 가망은?

의원 (고개를 젓는)

대신1 우리도 준비를 하세나. 판이부사는 틀림없이 역사서를 쓰고 있음이야.

대신2 폐하, 관찬사서를 중단하소서!

대신들 관찬사서를 중단하소서!

문 뒤에 그림자들. 이자겸, 묘청, 정지상.

대신1　중신들과 의논조차 없는 관찬사서는 무효이옵니다. 당장 멈추셔야 합니다.

대신2　당 태종이 전쟁광이었다니, 당치도 않습니다. 폐하!

대신들　폐하!

자겸　(그림자) 내 국새를 내놔라. 내 국새!

지상·묘청　폐하.

지상　흔들리지 마소서. 폐하.

묘청　이자들에게 휘둘리시면 아니 되옵니다.

인종　묘청, 좌정언 정지상. 그대들인가.

지상　신, 여기 있습니다.

묘청　묘청이옵니다.

인종　그대들이라면 어찌 하겠나?

황후　왜 그러십니까? 대체 무엇을 보고 계십니까?

궁녀　폐하! 폐하! 어찌 그러십니까.

사관 황금 보자기에 책을 싼다.

부식　서둘러라!

사관　네.

지상　한때 판이부사를 곡해했으나, 지금의 저술 방법은 고려의 위상을 드높이는 길이니 한발 양보 마소서.

묘청　나무아미타불 관세음보살.

자겸　내 국새는 어딨느냐 이놈. 굴비랑 바꾸자. 왕구 내 말이

들리느냐.

지상   (이자겸 발로 차버린다) 꺼져라. 역신의 무리.

인종   꺼져라. 이 도적놈아!

황후   진정하셔요. 무엇이 보이기에 그러십니까? (대신들에게) 폐
하의 몸이 성치 않으니 다음에 찾으세요.

대신들   약조를 받기 전에는 갈 수 없습니다. 어험.

인종   꺼지라지 않느냐?

자겸   (들어간다)

대신들   어찌 우리를 꺼지라십니까. 그렇게는 못 합니다.

지상   저들을 물리치소서.

대신들   관찬사서를 중단하셔야 합니다!

묘청   고려의 국운을 만대에 떨치시면, 천 년 뒤에도 이 땅의
이름을 고려로 부르게될 것입니다.

대신1   송나라가 보고 있습니다. 송이.

황후   무너진 송을 붙잡고 뭐하자는 겁니까?

대신들   외교적 마찰을 피하소서!

인종   (휘청거린다)

묘청   어깃장 놓지 말고 물렀거라!

대신들   어험. 살고자하면 뭘 못 해.

지상   동방의 질서는 흐르는 물처럼 고여 있지 않습니다. 지난
수천 년 그러했고, 앞으로도 그러할 겁니다. 폐하, 고려
의 이념은 송도 금도 아닌 고려이어야 합니다.

인종   고려의 이념?

묘청　(합창)

지상　고려의 정신 잊지 마소서.

지상, 묘청 사라진다.

인종　(온 힘을 다해 버티고 선다) 의관을 내와라!

지상, 묘청 나가며 "고려의 이념을 잊지 마소서" 그들의 소리 메아
리친다.
궁녀 옷을 내온다.

인종　내 직접 판이부사 김부식 대감의 글을 받을 것이다!

황후　뭐 하느냐. 준비들 하지 않고. 폐하께서 온 힘을 다해 국
사를 보고 계시니라. 모두들 예를 갖추어라!

나팔소리. 이어지는 궁중악사들의 음악.

대신들　아니 되옵니다. 이럴 수는 없습니다.

인종　내 나라 역사서도 맘껏 못 쓰는 비굴한 왕으로 남고 싶
지 않다.

부식, 사관 들어선다. 대신들 그 앞을 막는다.

사관 물러나시오!

대신들 네 이놈!

인종 누가 감히 내 앞길을 막는가. 물러나라.

부식 소인 판이부사 김부식, 폐하의 명을 받아 표문을 올리나이다.

인종 표를 올려라.

중앙으로 '진삼국사기표' 내려온다.

부식 신 김부식 아뢰나이다. 우리 해동 삼국은 유구한 역사를 가졌으니, 그 사적들이 책으로 저술되어야 함은 당연한 일입니다. 이리하여 이 늙은 신하에게 편집의 명을 내리셨으나 저의 부족한 역량을 생각하고 어찌할 바를 몰랐습니다. 성상 폐하 엎드려 생각하건대 고려의 지식인들이 정작 우리나라 역사에 대해서는 그 전말을 알지 못하고, 중화의 역사에 매료됨은 심히 개탄할 일입니다. 그러므로 마땅히 재능과 학문과 견식을 겸비한 인재를 찾아 권위 있는 역사서를 완성하여 자손만대에 전함으로써 우리의 역사가 해와 별 같이 빛나게 해야 할 것입니다. 그러나 소신은 원래 훌륭한 인재도 아니며, 심오한 지식도 갖추지 못한데다가, 나이 들어서는 나날이 정신이 혼미하여 책을 열심히 읽어도 덮고 나면 바로 잊어버려, 붓을 잡기에도 힘이 들어 종이를 대하면 글을 쓰

기가 어렵습니다. 소신의 학문이 이와 같이 천박하고, 옛
말과 지난 일에 대해서 몽매하기가 또한 이와 같았기에,
소신은 정기와 힘을 모두 기울여서야 간신히 이 책을 완
성하였습니다.

대신들　폐하, 멈추시오!

인종　닥쳐라. 무엇하느냐 오늘 같이 좋은 날 현을 울리고 춤
을 춰라!

가야금, 거문고, 장고, 소리가 들린다.
그 음악을 따라 황후, 궁녀, 사관 춤을 춘다.
상궁, 지상, 묘청, 의원, 탈을 쓰고 춤을 춘다.

부식　바라옵건대 성상 폐하께서는, 좋은 성과를 이루지 못한
채 뜻만 높았던 점을 양해하여 주시고, 잘못 기록한 죄
가 있다면 그것을 용서하여 주소서. 이 책이 비록 명산
의 사고에 보관될 가치는 없을지라도 버리는 종이로 사
용되지 않게 하여 주시옵고, 숨어 버리고 싶은 망령된
이 심정에 햇빛으로 밝게 임하여 주옵소서. 이 책을 '삼
국사기'라 지었나이다.

삼국사기 내려온다.
부식, 황금 보자기에 싼 삼국사기를 인종에게 올린다.
춤이 절정에 이른다.

인종 (그것을 받는다) 삼국사기! 고려가 이제야 제 주인을 만났
구나. 중원의 고구려, 해상대국 백제, 찬란한 문화유산
신라, 모두 고려의 역사이다. 삼국사기를 지방의 관원과
유생들 그리고 모든 대신들이 볼 수 있도록 하라!

인종, 같이 춤을 춘다.

부식·사관 성은이 망극하나이다.

대신들 천부당만부당하옵니다. 황제의 나라가 존재하는데, 어찌
고려가 감히.

사관 황제의 나라는 어딥니꽈? 송입니꽈? 금입니꽈? 고려입
니다. 고려!

대신1 감히, 니놈이.

황후 훗날 고구려의 역사가 중화의 것이라고 우기면 무엇으
로 따져 물으시겠소. 바로 이 책이 칼보다 활보다 더 큰
무기가 될 것이오.

대신들 에, 헴.

인종 오늘부터 고려의 북방정책은 재고되어야 한다. 고려는
어느 나라와도 대등한 관계에서 동방의 질서를 유지할
것이다. 이것이 고려의 정신이다. 하여 삼국사기는 오래
된 이야기를 기록한 역사가 아니라, 자자손손 물려줄 학
문이어야 한다. (쓰러지지 않으려) 그렇기에 삼국사기는 짐
이 백성들에게 올리는 표문이다. (큰절) 고려백성들에 표

를 올리나이다.

부식·사관 명을 받들겠나이다.

대신들 따를 수 없소!

대신1 아니 됩니다. 송이 보고 있어요 송.

내려온 삼국사기 남고, 모든 문과 창살이 올라간다.

인종 당신들은 언제까지 송나라를 숭상할 것이오. 그들이 우리 고려를 지켜주기라도 한답디까? 듣거라! 삼국사기를 편훼하는 자 그 누구든지 국법으로 엄벌하라.

대신1 뜻을 접으소서.

대신2 따를 수 없습니다.

황후 충신은 공부를 하고 간신은 음해와 술수만 연구하는가. 정말.

이자겸 이놈아, 국새를 내놔라. 이따위 역사책이 뭔 소용이냐. 굴비만도 못 한 것을.

인종 물러가라. 물러가. 묘청, 정지상 그대들이 보고 싶구려. 물러들 가시오.

황후 그만들 하셔요. 물러가라들 하지 않소.

돌아가는 이자겸, 대신들.

대신1 어차피 얼마 살지 못 할 테니, 추후를 도모합시다.

대신2   삼국사기는 고려의 치욕이라고 민심을 호도합시다.

대신들   (악수하고 사라진다)

음악 멈춘다. 춤도 그친다.

탈을 쓰고 나왔던 이들도 사라지고 없다.

인종   한바탕 신나게 놀았구려. 판이부사 내 그대에게 술을 한 잔 올려야 하나, 보시다시피 겨우 앉아 정무를 보고 있소. (숨을 몰아쉰다) 쉬고 싶구려. (손을 내민다)

부식   (손을 잡는다)

인종   눈이 올 것 같소.

부식   (하늘을 올려다본다)

황후   잘 버티셨습니다.

부식   (인종의 손을 오래도록 잡고 있다)

인종   졸립구랴.

어둠이 깔린다.

부식, 사관, 삼국사기 뒤로 들어간다.

11. 이별

하나둘 눈발이 흩날린다.

한참동안 먼 곳을 응시하는 둘.

인종　…… 황후…….

황후　말씀하셔요.

인종　황후.

황후　예.

인종　오늘은 이상하지.

황후　뭐가 말입니까.

인종　희한하지.

황후　(그를 본다)

인종　하나도 간지럽지도 않고, 통증도 없소.

황후　예. 다 나으신 게지요.

인종　…… 먼저 눈을 감아 미안하오.

황후　(외면 삼국사기 읽는) 글귀 하나하나 명문이고, 명필입니다.

인종　읽어주오.

황후　어떤 글을 원하셔요. 고구려, 백제, 신라, 본기를 원하십니까. 잡지를 원하십니까. 아니면 왕들의 연대표를…….

인종　열전을 들려주시오.

황후　명장이 좋으셔요, 중신이 좋으셔요. 그것도 아니면?

인종   다. 모두 다.

황후   읽어드리리다.

인종   삼국사기를 보고 떠나니 좋소.

황후   (외면) 뛰어난 예능인도 좋고, 효와 정절을 지킨 의인도 있으니…….

인종   눈이 내린다. 눈.

황후   조강지처는 버릴 수 없다는 강수, 평강공주와 결혼한 바보온달, 효녀 지은, 연개소문, 흑치상지, 해상왕 장보고…… 광개토대왕, 을지문덕, 김유신…….

인종   …… 눈이 내린다. 눈…….

인종, 황후 무릎에서 눈을 감는다.

황후   (그것을 알고 있다. 무덤하게) 도미부인은 지아비를 평생 믿고 따랐지요. 남편도미는 눈이 뽑혀 버림을 받았지만, 도미부인은 남편을 찾아 강어귀에서 통곡을 하는데 외로운 배가 물결을 따라 내려오더랍니다. 그래 그 배를 타고 강을 거슬러 기어이 남편을 만났다지요. 그리고 두 사람은 평생 구걸하면서도 서로를 의지하며 일생을 마쳤답니다. (타령 조) 평범한 도미부인도 죽는 날까지 지아비를 의지해 살았는데, 어이할꼬. 나는 이제 어이할꼬. 보내지 못 하는 내 마음은 미어지더이다.

상궁, 내려온 삼국사기 뒤에서 나온다.

상궁　　어화 넘자, 어화 넘자. 북망산천 찾아 넘자 넘자. 어화
　　　　넘. 다시는 못 올 길, 가세 가세. 어와 넘자 어화 넘.

황후　　저만 남겨두고 가시면 어이합니까. 보내드릴 수 없습니다.

상궁　　(노래 소리 커진다)

상궁의 노래를 이어 정지상 시 〈송인(送人)〉 흐른다.
처음에는 슬픈 곡조이나 점차 장엄하다.
앞이 보이지 않게 하얀 눈이 쏟아진다.

황후　　뜰 앞에 한 잎 떨어지고
　　　　마루 밑 온갖 벌레 슬프구나
　　　　홀홀이 떠남을 말릴 수 없네만
　　　　유유히 어디로 가는가

인종 일어나 걷는다. 그러면 묘청, 지상 그를 맞이한다.

황후　　한 조각 마음은 산 다한 곳
　　　　외로운 꿈, 달 밝을 때
　　　　남포에 봄 물결 푸르러질 때
　　　　뒷기약 그대는 제발 잊지 마소

부식, 사관, 궁녀 삼국사기 뒤에서 나와 떠나는 인종에게 예를 갖
춘다.

인종   그대들이 나의 충신이오.

묘청   어서 오십시오.

지상   기다리고 있었습니다. 따뜻한 곡주 한 잔 하셔야지요.

궁녀   (외친다) 그곳에서는 아프지 마시고 긁지 마셔요.

인종   허허허. 내 가는 길 외롭지 않겠구려.

지상   꽃이 피고 지듯 인생은 순식간에 흐르는 덧없음이지요.
           허허허.

인종   옳으네. 옳아.

황후   여보! 사랑해요!

인종   어허허. 내 사랑 황후 눈에서 눈물이 흐르네. 울지 마시게.

상궁   뽀드득, 뽀드득 눈을 밟고 가세. 가세 가세.

인종   뽀드득 뽀드득 눈 밟는 소리가 참 좋다.

부식   (외치는) 잘 가십시오. 소인도 곧 따라가리라!

언덕을 넘는 그들.

인종   뜰 앞에 한 잎 떨어지고.

황후   마루 밑 온갖 벌레 슬프구나.

인종·황후   홀홀이 떠남을 말릴 수 없네만.

유유히 어디로 가는가 —

합창 한 조각 마음은 산 다한 곳

외로운 꿈, 달 밝을 때 —

남포에 봄 물결 푸르러질 때

뒷기약 그대는 제발 잊지 마소

인종·황후 뒷기약 그대는 제발 잊지 마오.

합창 뒷기약 그대는 제발 잊지 마소.

죽은 자들 언덕을 넘어 사라진다. 그 모습 한참동안 보다가

삼국사기 뒤로 들어서는 부식, 궁녀, 황후.

눈은 하염없이 내린다.

음악 소리는 높아지는데, 점점 어두워진다.

빛 하나 내려온 '삼국사기' 오래도록 잡고 있다.

막.

한국 희곡 명작선 68

표 (表)

초판 1쇄 인쇄일   2021년 1월 10일
초판 1쇄 발행일   2021년 1월 20일

지 은 이   양수근
만 든 이   이정옥
만 든 곳   평민사
         서울시 은평구 수색로 340 〈202호〉
         전화 : 02) 375-8571
         팩스 : 02) 375-8573
         http://blog.naver.com/pyung1976
         이메일   pyung1976@naver.com
등록번호   25100-2015-000102호
ISBN   978-89-7115-766-4 03800
         978-89-7115-663-6 (set)
정   가   7,000원